Puisque les cigognes
ont perdu mon adresse...

Laurence Boccolini

Puisque les cigognes ont perdu mon adresse...

PLON

www.plon.fr

ISBN : 978-2-259-20778-2

A ceux qui ne sont pas nés et qui font à jamais bruisser leurs ailes, dans mon cœur.

Juste un mot...

« Ce n'est pas le doute qui rend fou. C'est la certitude. »

NIETZSCHE

Chaque matin, je me lève comme si j'avais perdu un être cher la veille.

Vous savez, exactement comme lorsque mon papa et ma maman sont morts. J'ouvrais les yeux le matin et pendant une toute petite fraction de seconde, j'avais la sensation que tout était comme avant, que rien n'avait bougé et que j'allais pouvoir vivre cette journée normalement. Et puis soudain, sans prévenir, un drôle de truc me serrait le cœur, une sensation bizarre de froid sur ma nuque et de vide dans ma tête.

Et alors, tout me revenait très vite : si j'appelais à la maison, papa ne répondrait pas « Salut petit' » de sa grosse voix, avant de me dire « J'appelle ta mère, quitte pas... ». Il n'y avait plus personne à la maison. La maison de mes parents ressemblait à un tombeau ouvert où mes souvenirs prenaient la poussière dans un silence parfait et où plus jamais personne ne me répondrait au téléphone.

Depuis quelque temps, cette sensation bizarre s'est étendue à une autre partie de ma vie. J'ouvre les yeux et rien ne bouge. Tout pareil. Je fixe le mur jusqu'à ce qu'il tangue et, peu à peu, « la sensation » arrive. Je l'attendais. Elle frémit, forme une grosse vague noire et se fracasse au-dedans, et puis, enfin, je reviens à la réalité. A ma réalité. Là où tout se mêle, s'emmêle, dans un fatras de mots barbares, de termes savants, de femmes qui pleurent, de ventres vides, de chiffres, de taux, de pourcentages, de ratés et de désespoir.

Maintenant je sais. Et ça me fait tout drôle de ne plus pouvoir dire : un jour, quand j'aurai un enfant... Bien sûr, je le dis encore, mais juste quand je suis toute seule, pour le plaisir. Comme lorsque j'avais quinze ans et que je chantais en play-back devant la glace de ma chambre en mimant la chanteuse des Pretenders. Je disais : « Un jour, je ferai le Madison Square Garden avec mon groupe... ! » Et puis, ça ne s'est pas fait. Et l'enfant, ça ne se fera pas non plus... Enfin, pas comme je l'avais imaginé, c'est-à-dire

« normalement », avec un déroulement normal des opérations : tomber amoureuse, désirer un enfant, tomber enceinte, accoucher avec le docteur qui braille « Poussez fort madame ! » et pleurer devant le Caméscope du papa, mon bébé dans les bras... ça, on le barre tout de suite du scénario. Plus possible.

Oh, attention, ne croyez pas que cela m'a pris cinq minutes pour me rendre à l'évidence que je ne pourrai jamais avoir d'enfant. Cinq ans ! Je crois que c'est à peu près ça. Cinq ans, à y penser chaque jour, à tenter tout et son contraire pour y arriver, à s'injecter toute la pharmacopée disponible, à avaler mon poids en gélules, à passer plus souvent à l'écho qu'à la télé, à y croire, y renoncer, en pleurer, en rire, en crever de rage et de chagrin, à vouloir en finir avec le jour qui se lève et mes bras éternellement vides.

Cinq ans à regarder mes mains et mon ventre gonfler, mon visage enfler, mon jean craquer, à chaque salve d'hormones injectée, que mon corps ne supporte plus, à se dire que c'est le prix à payer et que même si ces effets secondaires sont rares, c'est quand même pas de bol.

Cinq ans à manger des radis pour perdre vingt kilos et pouvoir commencer le traitement, puis à les reprendre en quelques mois, en n'ayant jamais mangé autre chose que des radis.

Cinq ans à écouter les vannes pleines de tact sur mon physique de bonhomme Michelin dans des émissions de haute volée intellectuelle, où l'on se permet de rire à mes dépens bien à l'abri derrière un unique neurone, et la certitude que réussir à faire du 34 en jean taille basse vous protège de tous les aléas de la vie.

Cinq ans, c'est long. Enfin, ça dépend pour quoi, évidemment. Cinq ans aux Maldives, dans un hôtel cinq étoiles, à se la couler douce en sirotant du jus de mangue et en écoutant la mer, je dis oui tout de suite. Se coincer cinq ans les doigts dans une porte, c'est plus douloureux...

Disons que depuis cinq ans, j'ai les doigts coincés dans une porte.

Certains d'entre vous penseront que j'aurais pu garder tout ça pour moi. Cela n'est pas un sujet majeur qui bouleverse le cours de l'univers et on aurait pu sauver quelques arbres en n'imprimant pas ce livre.

Je sais par avance que certains chroniqueurs qui n'ont pour but que de casser de l'invité dans ces talk-shows où l'on vient à reculons s'en donneront à cœur joie pour attaquer de leurs foudres ces quelques lignes en prenant un air navré et condescendant, en me demandant si mon départ de TF1 m'a conduite à gagner ma vie en la dévoilant.

Ils pourront dire ce que bon leur semble. Pourront-ils comprendre que tout est, simplement, une histoire de pur égoïsme ? D'ailleurs, pourront-ils comprendre tout court ?

Je l'ai fait pour moi. Oui, je voulais juste lancer dans le ciel un appel au secours, au cas où une fée Clochette aurait la solution et pourrait venir à mon secours. Je voulais juste partager ces quelques pages avec ces milliers de femmes qui vivent la même situation, pour leur dire à quel point, moi aussi, je me suis sentie seule, hors du monde, coupable de ne pas avoir réussi à fabriquer mon bébé, et que j'admire leur courage et leur détermination à ne pas se laisser couler, le dire à ces milliers de couples qui vivent chaque jour dans l'espoir, dans l'attente et qui trouvent encore la force de se battre, de s'aimer, de se tenir chaud.

Je les rencontre souvent, ils m'écrivent parfois, juste pour me raconter comment ça se passe pour eux, et me dire qu'ils croisent les doigts pour moi.

J'aurai au moins découvert ce lien magique et silencieux... Et dans un monde où un magazine féminin sur deux vous parle de maternité, une pub sur trois vous vante l'utilité d'un produit grâce à une jolie femme enceinte lovée dans un pull angora, ou à un bébé bourré de talent, où l'on retrouve les classements des grossesses people les plus « fashion » en bonne place entre les premiers pas de Suri Cruise, en total look Mulberry à deux ans, et la trois centième interview de Laeticia Hallyday qui annonce l'arrivée d'un petit frère pour Jade (faudra qu'ils m'expliquent comment en trois ans ils arrivent à en adopter deux alors que des milliers de couples attendent plus de cinq ans pour arriver à en adopter un seul, dans un combat de chaque instant qui se termine trop souvent par le refus incompréhensible de l'agrément). Mais je m'égare...

Je voulais juste raconter une petite histoire en forme de larme. Elle n'est pas triste. Elle me ressemble.

Ce n'est pas une confession. Car, en ce qui me concerne, depuis quelques mois, ce n'est plus un secret pour personne.

C'est un témoignage, pour vous dire que, oui, ça peut arriver, même si on a souhaité très fort, prié très fort, supplié très fort pour que le rêve se réalise.

Le ciel a ses raisons pour ne pas écouter toutes les prières.

Et même si les cigognes ont perdu mon adresse, vous ne m'en voudrez pas de continuer à guetter le bruit de leurs ailes...

Retour

Nous roulons en silence.

En silence, parce que je somnole en bavant, la tête ballottée dans tous les sens, la ceinture de sécurité me barrant le visage et m'empêchant d'aller embrasser la boîte à gants à chaque nid de poule.

Nous avons retardé au maximum notre retour vers Paris. A la limite du raisonnable. Je ne pouvais pas rentrer. Pas encore. Accrochée à mon transat au bord de la piscine, dans l'hôtel quasi désert, je me sentais invincible, à l'abri sous le regard bienveillant du personnel qui se remettait d'une haute saison exténuante, où des Américains déguisés en Paul Cézanne et des Anglais couverts de Biafine leur commandaient du Ketchup avec le melon, des « tomates-mozza » à minuit, du nuits-saint-georges 1977 avec des glaçons à seize heures, et des taxis à toute heure pour faire cent mètres hors de l'hôtel.

Puisque les cigognes ont perdu mon adresse...

Le doux soleil de septembre réchauffait mon ventre sec et froid comme un ciel de Toussaint. Une tombe sans corps à l'intérieur. Raté. Encore une fois. Si je rentrais à Paris, il faudrait tout recommencer, encore et encore... Alors pourquoi ne pas rester ici ? Pourquoi ne pas se sauver lâchement en faisant semblant de ne pas savoir que la vie et le chagrin nous attendent là-haut, après le périphérique, chez nous...

Mais les valises sont déjà dans le coffre. Plus moyen d'y échapper. On nous salue chaleureusement dans le hall de l'hôtel. Nous devions rester quinze jours à peine. Nous sommes restés un mois... Presque un mois entier.

« Au revoir, à bientôt, merci pour tout, pour l'accueil, le soleil et tout le reste... Bien sûr que nous reviendrons, quelle question ! Ah non, nous préférons la voiture au TGV, c'est plus long et c'est comme si nous avions quelques heures de vacances en plus, surtout s'il y a des embouteillages vers Lyon ! Allez, on s'embrasse. A très vite ! »

On se dirige vers la voiture comme des toréadors sous les vivats de la foule en délire. Même s'il n'y a que le réceptionniste et l'adorable directrice de l'hôtel qui susurre d'un air entendu, plein d'affection :

« Vous êtes tellement mignons tous les deux, revenez vite ! »

Nous remercions, un peu gênés par tant de gentillesse.

Et puis, le voilà. Le coup de surin, de pic à glace, la balafre à l'épée, le trou fait à coup de dague, le long clou rouillé enfoncé à vif dans la chair : « Faudra quand même penser à nous faire un joli bébé ! »

Ça fait toujours mal, même après tout ce temps. Elle ne peut pas savoir, elle ne l'a pas fait exprès.

Dans ce cas précis, notre duo fonctionne à merveille. Nous sommes un peu les « Shirley et Dino » de la réplique évasive et polie :

« On y pense, bien sûr... Bientôt, peut-être, pour le moment, nous travaillons beaucoup, alors... »

Nous n'osons jamais ajouter : « Et puis, on a bien le temps », parce que ça, du temps, moi je n'en ai plus.

Nous démarrons sans un mot. Juste un petit geste de la main pour dire au revoir, un sourire forcé et triste vers ceux qui restent et qui ne savent pas. Je quitte mon abri antiatomique et j'ai peur.

Nous roulons en silence.

« Faut faire le plein avant l'autoroute, sinon... » dit-il.

Quelques platanes, des ruches, un champ de lavande, un mas en ruine, des oliviers, une rocade, un centre commercial avec un Leroy-Merlin, un

Gemo et la Halle aux Chaussures. Mon nez contre la vitre comme lorsque j'avais dix ans.

– Ah, en voilà une ! dis-je pour faire comme si ça m'intéressait.

– Une quoi ?

– Ben pour le plein ! Une pompe à naissance !

Je me mets à rire bêtement, pour sauver la face.

– Tu as entendu, j'ai fait un lapsus ! J'ai dit « pompe à naissance » au lieu de pompe à essence... C'est marrant ce lapsus, non ?

– Oui... j'avais entendu.

C'est vrai que c'est marrant... à mourir de rire. Non ? Non ?

A mourir de rire.

A mourir...

Finalement, nous prendrons de l'essence plus tard, le voyant rouge ne clignote pas encore, alors...

Nous roulons en silence.

Introspection

> *« Je suis comme une poupée cassée dont les yeux seraient tombés à l'intérieur. »*
>
> Cioran

Comment je vois mon ventre ?

Là-dedans, j'imagine des bras décharnés, rouge feu, qui tuent, arrachent et calcinent toute chose qui souhaiterait y faire son nid. Une terre empoisonnée où rien ne pousse, craquelée et rongée par le sel.

Ce qui devrait être le plus simple, le plus naturel, est pour moi le parfait impossible. Se reproduire. Se re-produire. Faire comme les générations qui m'ont précédée : fabriquer des êtres vivants qui seront la génération suivante. L'ordre des choses quoi... Fastoche.

En principe...

Alors, pourquoi je n'y arrive pas ?

Pourquoi ça tombe sur moi ?

Cette chaîne de fabrication bien huilée depuis la nuit des temps, je suis pas foutue de la faire fonctionner ! Comme si quelqu'un avait décidé que ce bonheur ne passerait pas par moi...

Mais pourquoi ? Qu'est-ce que j'ai fait, et surtout à qui ?

Voilà, les mots sont lâchés. Qu'est-ce que j'ai bien pu faire pour être punie ainsi ?

Alors, je cherche nuit et jour. Surtout la nuit, les yeux grands ouverts comme un hibou sous Guronzan, je fixe le plafond et je fais défiler ma vie année après année, minutieusement, comme une première d'atelier de couture vérifiant le travail minutieux des petites mains sur le clou du défilé. Et je checke et rechecke jusqu'à ce que le sommeil m'emporte (en général une demi-heure avant que le réveil sonne).

Passer sa vie au crible a des avantages. Ça vous permet de retrouver des souvenirs perdus au fond du fond de votre mémoire, de les dépoussiérer, de les trier, et soit de passer un bon moment avec vous-même pendant un court instant, soit de frissonner de chagrin en vous remémorant le visage de ceux qui vous ont quitté pour toujours en vous laissant sans réponse et sans mot d'adieu...

J'ai été une mauvaise fille. Info ou intox ?

Pas facile de vérifier puisque mes parents ne sont plus de ce monde.

Tout ce que je peux dire, c'est que j'ai été une adolescente tout droit sortie de *La Fiancée de Chucky*. Ça, ma maman ne l'a jamais caché à personne. Et en admettant qu'elle avait tendance, tout comme moi, à exagérer à peine les choses, je dois avouer que ce n'était pas totalement faux... Ça se voit même sur les photos de l'époque : quinze ans, la frange jusqu'au milieu du nez, l'acné rebelle, le pull trop grand, le jean trop serré et les yeux trop noirs (merci au fameux bâton de khôl indien qui savait transformer une gentille jeune fille des années 80 en panda boudeur).

Quinze ans, réponse à tout et envie de rien (C'est pas mieux que Peter et Sloane, ça ?), *L'Attrape-cœur* de Salinger sous le bras, je cherchais mon style en traînant les pieds. Pas facile pour papa et maman, qui avaient l'impression à l'époque de vivre au quotidien avec une huître : aussi bavarde, aussi fermée et aussi dure qu'elle... Bien plus tard, lorsque les enfants de mes amies devinrent ados à leur tour, j'eus la confirmation en écoutant le récit de leur vie de tous les jours que je n'avais pas été un cas isolé, loin de là, et que l'adolescence pouvait transformer en quelques mois à peine le petit lord Fauntleroy en Marylin Manson. Pour mes parents, j'admets que cela avait dû quand même être un choc de me voir passer de la panoplie de petit rat de l'Opéra à celle de grande prêtresse du gothique avant même que ce soit la mode !

Mais peut-on résumer ma carrière de « fille de » en ces termes peu flatteurs ? J'espère que non. J'espère que si mes parents étaient encore vivants, ils trouveraient quelques arguments pour me rassurer sur ce point. J'espère. Bien sûr, je regrette de ne pas leur avoir dit plus souvent à quel point je les aimais, mais peut-être le savaient-ils sans que j'aie à leur écrire noir sur blanc. Dolto et tout le toutim, ce n'était pas leur truc. On s'aimait comme on pouvait, avec la certitude d'être ensemble, une famille comme les autres, exposée à tous les chagrins, à toutes les saloperies que la vie peut vous réserver, mais soudée tant bien que mal, sans effusions superflues, sans déclaration d'amour tonitruante, avec juste les mots des pauvres gens dont parlait Léo Ferré.

Certes, je n'ai pas été exactement la fille dont ils avaient rêvé, mais est-ce que cela mérite une telle sanction ?

Est-ce par là que je dois chercher ?

Ou vers les vivants qui, eux, peuvent répondre clairement à mes questions ?

J'ai été une fille « moyenne », aurais-je été une amie « décevante » ? Si peu loyale que j'en paierais le prix aujourd'hui ?

J'ai commencé par mes copines de lycée et d'école. Il m'en restait quelques-unes, preuve que quelques personnes avaient quand même trouvé ma compagnie agréable à un moment X de leur vie. Pour les copines, juste « copines », l'interrogatoire fut bref et très positif. Alors que je me confondais en excuses surprenantes de ne pas les appeler plus souvent, elles me firent toutes plus ou moins la même réponse. Je vous la fais courte :

« La vie nous éloigne les unes des autres, quoi qu'il arrive, et cela ne signifie pas forcément que l'on soit une mauvaise personne parce qu'on ne téléphone pas tous les jours, ou parce qu'on se perd de vue... »

Si vous voulez mon sentiment, je crois que cela signifiait :

« Tu nous gonfles avec tes questions bizarres, est-ce que je peux te rappeler parce que là je suis contente de t'entendre mais mon métro arrive (ou bien les enfants viennent de rentrer, ou mon mari m'appelle sur l'autre ligne, ou je vais embarquer dans l'avion, ou il est deux heures du matin à Montréal et j'ai sommeil...). »

J'ai vite laissé tomber.

Pas la bonne piste. Mes amis très proches non plus.

Au bout du troisième coup de téléphone (toujours pour mon enquête), j'eus une vision assez déroutante de mes liens avec les gens que j'aimais et qui m'aimaient : touchés.

Ils étaient touchés... Et je n'avais pas prévu ça dans mon questionnaire. C'est moi que j'essayais égoïstement de rassurer dans cette affaire et je me retrouvais à consoler ceux que j'interrogeais, qui, surpris puis attristés par ma situation, avaient du mal à contenir leurs émotions. Allez en tirer quelque chose après ça... J'eus beau plaisanter :

« Mais non ! Tout va bien c'était juste pour savoir, c'est tout ! Je voulais pas te faire pleurer, je te demandais juste si pour toi j'avais été une amie comme tu l'avais souhaité, auquel cas il aurait fallu me le dire, tu comprends ? »

Mais les amis ne comprenaient rien du tout, on ne leur avait jamais posé une question pareille et ça les mettait dans tous leurs états. L'un d'eux débarqua même à la maison, vingt minutes après avoir raccroché, pour vérifier que j'étais toujours vivante et qu'après lui avoir dit au revoir au téléphone je n'avais pas ouvert la fenêtre et enjambé la rambarde pour en finir une bonne fois avec la vie. C'était donc si triste, ce que je voulais savoir ? Ce que l'on peut être ingrat quand on est malheureux ! Moi qui croyais donner l'image d'une fille forte et prête à tout pour comprendre ce qui m'arrivait, je me trompais. Ceux qui m'aimaient n'avaient ressenti que ma douleur et sans le vouloir je leur avais transmis un peu de ma peine avec mes questions inédites. Désolée. Je ne recommencerai pas.

Enfin, pas tout de suite... Une semaine plus tard, la fièvre me reprit. Fallait que je sache. Papa, maman, les copains, les copines, les amis proches : fait ! Interloqués, surpris, démontés, gênés, mais interrogés.

Restait en lice une catégorie importante de ma population personnelle : les ex ! Et ça... Ce fut un grand moment.

Oh, je n'ai pas mis trois semaines pour les contacter tous. N'ayant jamais eu le succès fou de Gloria Lasso ou de Madonna, les hommes qui avaient partagé ma vie assez longtemps pour pouvoir en parler se comptaient *grosso modo* sur la main gauche de Django Reinhardt.

Un coup de téléphone pour prendre des nouvelles comme d'habitude, un rendez-vous pour déjeuner, et nous voici à échanger des politesses sur le temps, la politique, les vacances, ses enfants, la déchéance de cette pauvre Britney Spears. Et puis, comme ça, sans prévenir, juste avant le café, je balançais ma question à mille euros : lors de notre vie commune, avais-je été une femme si horrible, si insupportable, que l'idée même d'avoir pu partager un jour un lit ou un loyer avec moi leur donnait encore à ce jour envie de demander : « Où est le gaz ? »

Sur ce coup-là, ils ont été pas mal. Passé l'effet de surprise bien sûr. Passé aussi le moment où je dus les convaincre que j'avais bien toute ma tête. Une fois rassurés sur ma santé mentale, ils ne se firent pas prier pour me parler du « nous » que nous avions formé un jour. Certes, d'après eux, le chemin parcouru en ma compagnie fut plein de « surprises », mais dans l'ensemble agréable et intéressant. (Intéressant ? C'est ce que je dis d'une pièce de théâtre ou d'un album que je n'aime pas, mais bon... admettons.) Et alors que je les avais interrogés séparément et qu'ils ne se connaissaient pas, une expression commune revint dans leur récit de notre relation. Ils laissèrent tous échapper de leurs souvenirs le terme « casse-couilles » qui, sans doute aucun, s'adressait à moi.

J'encaissais. Après tout, je l'avais cherché.

Nous nous quittions en nous promettant comme d'habitude de nous revoir bientôt et de nous téléphoner plus souvent. Je me souviens de ce sentiment étrange qui faisait trembler mon cœur sous le poids des souvenirs et des actes manqués, des rires et des soirs de rupture, des petits riens qui remplissaient nos vies à deux et qui peu à peu nous avaient séparés.

Ce que j'avais appris en les revoyant et en leur parlant à cœur ouvert ne m'avait pas totalement rassurée, mais si je les avais fait souffrir un jour, ils eurent la courtoisie de me rappeler qu'eux aussi m'avaient fait du mal parfois... et même souvent. Alors, quittes ?

Ce n'était pas le propos. Pas du tout....

La seule certitude qui m'accompagnait en les quittant, c'était d'avoir eu la chance de faire un bout de chemin en leur compagnie et de savoir qu'ils gardaient de moi le souvenir confus d'une fille compliquée mais pas méchante qui, selon leurs propres termes « aurait fait une super maman... ».

J'emballai ce petit cadeau dans un coin de mon cœur lourd, peut-être pour l'accrocher plus tard sur le sapin de Noël sous lequel aucun petit lutin en pyjama, les cheveux ébouriffés, ne me sourirait jamais.

Ce n'était pas grand-chose mais c'était déjà ça...

Magie rose

La radio rend sourd, la télé rend fou et la stérilité rend bête. D'expérience.

Je vous jure, c'est incroyable ce que l'on peut faire comme trucs bizarres quand on n'arrive pas à tomber enceinte. Pour ma part, il y a eu des moments où je pense avoir perdu tout sens de la réalité et du ridicule, ce qui ne m'a pas arrêtée, loin de là... au contraire !

Tout d'abord, il faut savoir que le budget « voyance » est assez considérable. Entre les marabouts, les médiums, les tarologues de tous poils, les rhunistes, les décrypteurs de marc de café ou de feuilles de thé (Earl Grey ou Darjeeling Himalaya), les voyants avec flashes « datés », les médiums avec dons de naissance, j'ai dû claquer l'équivalent du PIB de la Zambie en quelques mois.

Si je les avais tous crus, à cette heure-ci je devrais être grand-mère... Enfin, n'exagérons rien, mais tout au moins mère de famille comblée, avec une fille et deux garçons (dont un très remuant), peut-être des jumeaux, mais de manière ab-so-lu-ment catégorique : des enfants.

Certains allèrent même jusqu'à m'annoncer la date de l'accouchement, le signe du bébé, et la tête ravie du papa.

Je ne me souviens même plus du nombre de connectés avec l'au-delà qui ont su remplir le vide de mes questions angoissées. De mon côté, je remplissais le vide de leur compte en banque. Donnant-donnant. Logique.

Après, ou peut-être en même temps, il y a eu les trucs des copines et des copines de copines, et de copines de collègues... Chacun avait sa recette miracle, son truc qui avait fonctionné à merveille pour sa belle-sœur, sa tante ou sa femme de ménage. Oh, ce n'étaient pas des révélations à mettre en lieu sûr dans un coffre, mais cela partait d'un bon sentiment. Pour certaines, il fallait faire l'amour le matin car les spermatozoïdes étaient bien reposés et tout gaillards... OK. Pour d'autres, c'était le soir, ou à midi, ou vers seize heures selon son biorythme (à calculer sur Internet). Je vous passe le chapitre « Positions idéales du *Kama Sutra* favorisant la conception » (j'ai pris des notes au cas où, mais à vrai dire ce passage-là m'a un tantinet embarrassée...). Les plus convaincantes m'ont gribouillé sur un Post-it la liste des aliments qui « font faire » des bébés. Elles avaient lu ça dans *Elle*, ou dans *Marie-Claire*, ou dans *Cuisine du terroir magazine*, mais c'était du sûr, du concret, du « béton armé », évidemment si on suivait le programme à la lettre. Alors, il a fallu accepter des repas de sardines, de maquereaux, de pousses d'épinards saupoudrées de levure de bière, de persil haché tartiné sur du pain noir, aux graines de lin, aux graines de tournesol, aux graines de sésame, au tofu, au jus de noni (attention, le vrai, pas le dilué), au jus d'herbe d'orge, au jus d'aloe vera, au Yam, aux germes de blé, au thé de feuille de framboisier, et à l'ail dans TOUT, car l'ail est bon pour TOUT !

En quelques mois, j'étais devenue imbattable sur la localisation de mes produits de première nécessité dans les rayons de Natura, Dame Nature, Bio food, et tous ces endroits d'une tristesse hallucinante, où les carottes chétives pleines de terre, vendues au prix du pétrole, côtoient les pommes fripées et les salades fanées, la spiruline vendue en container familial et les petites annonces pour les cours de yoga, de qi gong ou de cri primal du quartier.

Pour plus de sûreté, j'ajoutai aux conseils avisés des femmes de bon conseil ceux des femmes qui penchaient plus pour des recettes héritées de leurs grands-mères, qui les avaient elles-mêmes héritées de leurs grands-mères, qui les avaient elles-mêmes héritées de la cousine de Merlin l'Enchanteur. Adieu sardines, graines de lin et jus de noni, et bonjour gestes ancestraux venus du fond des âges qui vous font agir comme une folle furieuse, mais, comme disait Jane Fonda, ou Véronique et Davina : « No pain, no gain ! ». En français : « Faut ce qu'il faut. »

Et ce qu'il fallait pour tomber enceinte (j'imaginais la recette écrite en lettres gothiques sur de vieux manuscrits enluminés par des moines qui auraient pu tourner dans *Le Nom de la rose*), c'était de « profiter » au maximum de la grossesse des autres pour se fabriquer la vôtre... Disons qu'au lieu de fuir les femmes avec des gros ventres, il fallait les côtoyer, MAIS à bon escient.

Premier exercice, si une femme enceinte se trouve dans la même pièce que vous, il faut se placer en face d'elle pendant au moins cinq minutes afin que le bébé vous regarde... Si le bébé depuis son ventre vous avait reluquée pendant au moins cinq minutes, vous aviez de bonnes chances d'être enceinte dans les trois prochains mois et vous pouviez la planter là sans même lui dire au revoir, la magie avait opéré. Fastoche.

Mais ce truc-là, il m'a tout de suite semblé en toc de chez toc.

Parce que des femmes enceintes, sans mentir, autour de moi, il n'y avait quasiment QUE ça. Tenez, rien que Sandra, ma coiffeuse de plateau, qui ne me quittait pas de la journée sur les tournages qui duraient parfois des semaines, avait dû se tenir face à moi des dizaines de fois, des centaines même, et son petit Alix avait dû m'observer depuis son ventre, pendant les neuf mois de sa grossesse… alors, nous étions bien au-delà des cinq minutes requises par la « fée grossesse », non ?

Premier truc : nul.

J'acceptai de noter une deuxième recette magique, sans grande conviction, en me disant que l'on ne pourrait jamais me reprocher de ne pas avoir tout tenté pour réussir, y compris pactiser avec les forces obscures de la nature, qui entre nous devaient bien se marrer en me regardant me débattre dans les méandres de la « magie pour les nulles », la crédulité et le désespoir en bandoulière.

Bon. Alors, voilà, je vous illustre la deuxième recette d'une anecdote dont vous ne manquerez pas d'apprécier le piquant.

Nous étions en week-end dans un petit hôtel du sud de la France. Un soleil pas possible, une chaleur étouffante, et peu de monde au bord de la piscine. Le bonheur. Il y avait nous deux, et un couple en face de nous, sous les grands pins, de l'autre côté de la piscine, à l'ombre. Nous, nous commencions à cuire à l'unilatérale, et je crevais d'envie d'aller m'installer sous les grands pins à côté du couple, pour y trouver un peu de fraîcheur. Seul hic, j'avais reconnu Renaud et sa divine épouse, et je ne voulais pas les déranger en allant me coller à deux millimètres de leurs transats, parce que je n'aurais peut-être pas aimé que l'on vienne pénétrer ma bulle, dans un moment de félicité absolue. Ils étaient si mignons, amoureux et discrets, et moi j'avais la mélanine qui jouait l'éruption du Vésuve dans chacun des pores de ma peau de blonde. N'y tenant plus, je réveillai mon mari qui dormait en plein soleil pour lui annoncer que j'expatriais nos affaires de l'autre côté de la piscine, à l'ombre. Je trottinai en tenant mon paréo vers Renaud et son épouse Romane, les bras chargés de journaux et de crème solaire. Arrivée près d'eux, je me confondis en excuses de venir les déranger dans leur sieste mais, comme ils pouvaient le voir, ils se trouvaient dans le seul coin d'ombre au bord de la piscine. Charmants, ils dirent quelque chose comme « Mais bien sûr, faites donc » et j'entendis Renaud me dire que sa femme m'avait reconnue depuis longtemps puisqu'elle lui avait fait remarquer que je ressemblais à la fille qui faisait « Le Maillon faible »... On discuta cinq minutes de tout et de rien, de l'hôtel, de la ville, de la chaleur, de l'eau trop fraîche de la piscine qui empêchait Romane d'aller se baigner car, à huit mois de grossesse, d'après son médecin ce n'était pas une bonne idée. Je la regardais tout en bavardant, et elle rayonnait avec son joli ventre, ces cheveux blonds et l'ombre des pins qui faisait sur ses longues jambes des broderies plus sombres. Mon mari vint nous rejoindre quelques instants plus tard, lorsque son iPod commença à fondre. Et nous voilà tous les quatre à l'ombre, dans le silence des cigales, à oublier la vie du dehors, paisibles et peu bavards. Super.

Renaud et Romane s'en allèrent car ils allaient voir une exposition en ville ou je ne sais quoi. On se salua poliment, et je les regardai s'en aller, heureux et anonymes. Je restai un instant sans rien dire et puis j'osai murmurer :

« Tu sais, il paraît que quand on s'assoit sur la chaise d'une femme enceinte juste après elle, eh bien, on a de fortes chances de tomber enceinte. »

La profonde nullité de mes propos m'atteignit au moment même où les mots sortirent de ma bouche.

« Ah bon ? » fit mon mari qui en avait entendu d'autres.

J'ajoutai :

« Il paraît... c'est des conneries, évidemment. »

Silence recueilli devant tant d'esprit.

Quelques minutes plus tard, un couple d'Allemands en peignoir entra dans mon champ de vision. Ils scrutèrent l'eau, le ciel, les alentours et les deux transats vides à l'ombre, laissés vacants par Renaud et sa femme. Après une courte discussion, ils se dirigèrent vers nous lentement, leur serviette de bain à la main. Alors, sans même nous regarder, sans même nous consulter, nous eûmes la même pensée. Mon mari me dit tout en se levant pour rassembler nos affaires :

« Allez, vas-y. »

Je bondis comme un lièvre sous ecstasy, j'enjambai le premier transat en perdant une tong, et je m'écroulai à la place occupée par Romane, enceinte de huit mois, il y a encore quelques minutes. Surpris par mon exploit et effrayé par mon saut en longueur, le couple s'arrêta tout net, eut une hésitation puis s'avança vers nous en nous surveillant du coin de l'œil. Ils durent se résoudre à occuper nos transats, faute de mieux, se demandant quelle avait pu être la raison de ce soudain jeu de chaises musicales.

Cela m'était totalement égal, puisque MOI, j'avais le siège sur lequel s'était assise une femme enceinte. J'avais réussi... au moins ça. Maintenant, il n'y avait plus qu'à attendre.

Peu à peu, l'ombre se changea en soir, et il fallut rentrer pour ne pas être rangé dans le cagibi avec les matelas et les serviettes propres.

Nous n'avons plus jamais parlé de cette croyance bizarre qui faillit provoquer un infarctus chez deux Allemands innocents.

Et depuis ce jour, je n'ai plus jamais essayé de trucs de grands-mères ou de Merlin l'Enchanteur...

De toute façon, c'est des conneries tout ça...

Pour Marie

C'est la deuxième fois en six mois que je passe sur le billard.

J'ai tout fait à nouveau machinalement : arrivée à l'aube, à jeun, le cheveu hagard et le regard explosé (ou le contraire).

Je me suis déshabillée dans la salle de bains exiguë pour enfiler tant bien que mal cette satanée chemise blanche et rêche qui ne ferme pas derrière.

J'ai vérifié que j'avais bien mon gri-gri indispensable au bon déroulement des opérations. Je n'ai pas l'alliance de ma maman ni celle de mon papa, alors j'ai bricolé une médaille étrange, faite de leurs deux photos collées sur une médaille de feu mon chat « Mr Spock », le tout sur un lien rouge, couleur anti-mauvais œil pour l'Italienne de souche que je suis. Ainsi, je m'endors avec eux autour du poignet et, même si ce n'est pas très recommandé pour aller au bloc opératoire, les infirmières sont cool et elles prennent un soin particulier à fixer parfaitement ma médaille, avec le métal bien calé au creux de ma paume. Je me sens moins seule.

J'ai trottiné jusqu'au brancard en cachant mes fesses et l'aide-soignant m'a soigneusement emmaillotée dans la couverture comme une paupiette dans sa crépine. Mon estomac fait des bonds : de faim, de trouille, de lassitude.

Et puis, c'est le long couloir, l'ascenseur de service, l'odeur du café sur les plateaux du petit déjeuner, les portes battantes que l'on ouvre avec l'avant du chariot. La maternité à droite. Pas pour moi... Moi c'est à gauche, vers l'antre de l'espoir : le bloc des fivètes... Pour celles qui comme moi ont... enfin ne peuvent pas... Bref, ça s'appelle la procréation médicalement assistée. Pour celles qui comme moi ont besoin d'assistance.

Il est tôt et je suis la première. Les infirmières sont souriantes et douces, elles m'aident à m'extraire de la couverture en me faisant la conversation comme si de rien n'était.

Je trottine à nouveau vers le bloc en tenant ma chemise à l'arrière. Il faut grimper sur la table, s'installer sans glisser d'un côté ou de l'autre, et arriver à coincer ses jambes dans les étriers pour que l'on puisse serrer les sangles sur vos cuisses et vos mollets (on bouge d'un millimètre pendant la ponction et c'est un follicule de moins de prélevé… Enfin, je suppose que c'est ça la raison de ce harnachement). L'anesthésiste me dégage un bras pour trouver un semblant de veine. La routine, quoi. Ce dernier me trouve une sale tête :

« Mal dormi ? Je vous trouve pas bonne mine cette fois-ci », dit-il avec un sourire rassurant.

Tu m'étonnes. Je gigote un peu dans les sangles avant de couiner :

« C'est pas ça… c'est qu'aujourd'hui, c'est l'anniversaire de la mort de ma maman, alors forcément je suis triste… »

Pourquoi j'ai dit ça ? Ce n'était pas nécessaire de plomber l'ambiance comme ça… Le médecin me tapote la main (par sympathie ou pour faire ressortir une veine ? Les deux). Nous restons quelques secondes tous les deux dans cette salle vieillotte et triste sans savoir quoi dire.

Et puis j'entends une voix pleine de soleil et d'étoiles à mon oreille : « Moi, l'anniversaire de la mort de ma maman, c'est la semaine prochaine… »

Je la vois pour la seconde fois, elle était déjà au bloc pour la première ponction il y a six mois ; elle sourit toujours, mais aujourd'hui ses yeux sont tout embués. Elle se penche vers moi :

« Allez, Laurence, faut y croire cette fois-ci. Je suis sûre que votre maman est avec nous aujourd'hui. »

Elle arrange ma chemise et les sangles, et je voudrais qu'elle continue à me parler parce que, tout à coup, j'ai moins peur. L'anesthésiste plaisante :

« Dans une seconde, on va faire un gros dodo. »

Et je sens la brûlure du produit dans ma veine qui annonce le grand trou noir.

« Vous pouvez me tenir la main pendant que je m'endors, s'il vous plaît, madame ? »

Je sens sa main serrer la mienne et, dans la brume grise de l'anesthésie, elle me sourit toujours dans son uniforme bleu des infirmières du bloc. Elle caresse mon front alors que l'obscurité m'appelle. J'ai un dernier sursaut avant de sombrer.

– C'est comment votre nom, dis-je, luttant pour ne pas dormir.

– Moi, c'est Marie.

Tout mon corps se détend et mon cœur se serre.

« Marie... Comme ma maman... Elle s'appelait Marie aussi... »

C'est dingue ce que j'ai sommeil. Tu restes là, Marie ? D'accord ? Comme quand j'étais petite et que tu caressais mon front de ta main fraîche pour faire passer la fièvre... Maman, tu restes là... D'accord ? Tu ne pars pas hein ? Tu seras là quand je vais me réveiller ? Parce que tout à l'heure, je vais avoir peur toute seule sans toi... Maman, tu bouges pas, je reviens tout de suite...

Beyoncé

Beyoncé tangue et chaloupe.

Beyoncé danse toute la nuit, chante toute la nuit…

Beyoncé remue son popotin, fait des yeux morts d'amour, se couche en gémissant… Beyoncé harcèle Emilio qui, évidemment, ne veut pas d'elle. Elle tente désespérément des approches lascives et audacieuses et reçoit une fin de non-recevoir bruyante et douloureuse.

Beyoncé nous porte sur les nerfs.

Beyoncé nous empêche de dormir.

Normal, dit le vétérinaire, elle est en chaleur ! Et pour couronner le tout, elle a sous la main deux spécimens mâles de la plus belle espèce à qui on a ôté il y a trois ans toute envie de faire des galipettes. Situation bien frustrante pour elle…

Beyoncé est aussi sexy, aussi belle et aussi souple que la vraie… Mais difficile de vivre avec un chat qui imite Klaus Nomi à trois heures du matin sans que les voisins se plaignent de ces cris bizarres dans l'immeuble, la nuit...

Le vétérinaire dit qu'il est temps de l'opérer. A moins que je ne veuille la garder pour la reproduction, puisque son pedigree a plus de ronflant que celui des Windsor...

Non pas que l'idée que Beyoncé fasse des petits me déplaise, elle déplaît surtout à mon entourage proche qui, me connaissant par cœur, sait pertinemment que JAMAIS je ne serai capable de donner, vendre, abandonner, oublier, prêter les chatons. Plutôt mourir.

Cela dit, entre nous, la perspective de partager mon quotidien avec trois Maine Coon adultes et six chatons à croquer ne me déplaît pas.

Elle est juste irréalisable, au point de vue pratique, hygiénique, et conjugal.

Dont acte. On emmènera la nymphomane dès le lendemain chez son vétérinaire préféré. Pas plus de discussion à ce sujet. Voilà. C'est tout, c'est mieux pour tout le monde.

Une dernière nuit à l'écouter chanter, siffler et se prendre des raclées monumentales par les deux mâles excédés qui, pour la fuir, ont réussi à se cacher dans le placard de l'entrée, et Beyoncé est déposée à la première heure à la clinique.

La journée se passe dans la panique habituelle des rendez-vous qui s'enchaînent et des heures qui n'ont que soixante minutes...

Un coup de téléphone de la clinique pour annoncer que la demoiselle est prête à être ramenée à la maison et le tour est joué. Elle sera bien plus tranquille et bien plus sage comme ça... Sans aucun doute.

J'entends la porte d'entrée qui s'ouvre et je sais que Beyoncé est revenue (pas toute seule, évidemment !). Les deux mâles, encore prudents, préfèrent se planquer derrière un fauteuil, au cas où l'opération n'aurait pas encore coupé les ardeurs de leur colocataire.

Toute remise de l'anesthésie, Beyoncé va d'abord se rafraîchir un peu, avaler deux croquettes, avant de venir me retrouver dans mon bureau. Comme à son habitude, elle pousse la porte pour entrer et je la vois apparaître avec sa tête de Muppets. Je me lève pour la prendre dans mes bras, mes mains frôlent le gros pansement épais qui couvre le bas de son ventre. Et là, je ne sais pas pourquoi mais quelque chose s'écroule... Beyoncé est dans mes bras, toute petite, avec son bandage et son ventre rasé, et la réalité m'apparaît soudain toute moche : on lui a enlevé la possibilité d'avoir des bébés... Et JE l'ai envoyée se faire stériliser. Moi qui souffre de ne pas avoir d'enfant, moi qui passe plus de temps chez les médecins et sur les tables d'examen que n'importe où ailleurs depuis cinq ans, j'ai ôté à un animal le droit d'avoir des bébés... Beyoncé me regarde sans bouger. Je ne sais pas pourquoi j'ai honte. Je ne sais pas pourquoi elle me fait une peine immense, cette petite bête groggy qui n'ose pas remuer dans mes bras. Ce n'est pourtant pas la première fois, le premier chat qui me revient comme ça... Peut-être que la différence c'est moi, en ce moment, avec mon ventre qui ne marche pas...

Ce n'est pas elle que je tente d'humaniser à tout prix.

C'est moi qui me sens soudain violemment animale, bestiale, et proche d'elle.

La nature nous a faites elle et moi pour que nos races se perpétuent... Pour que ses chatons deviennent de grands chats voluptueux, pour que mes enfants deviennent des adultes pleins de contradictions et de tourments. Elle et moi, en cette minute, on se ressemble. Je n'arriverai pas à l'expliquer davantage... C'est comme ça. C'est exagéré et ridicule, je sais. Je me cache dans la salle de bains avec elle et je pleure un long moment en silence, le nez sur son nez, ma main sur son ventre tout nu, en lui demandant pardon pour tout.

Beyoncé ne bouge pas. Certainement pour ne pas me contrarier.

Une fois calmée, je la pose délicatement à terre et elle demande à sortir de la pièce. Je la regarde se lover dans son panier, le menton posé sur sa patte. Elle se redresse une dernière fois pour essayer d'arracher un coin de son pansement, puis elle préfère abandonner et s'endormir dans la chaleur du nid qu'elle s'est inventé au creux d'un vieux pull-over...

Ce jour-là, je ne pourrais pas vous dire pourquoi cela m'a fait tant de mal. Qui pourrait comprendre que je me sois sentie si proche d'une petite femelle féline que l'on ramenait d'une banale opération ?

J'ai un peu peur de le dire avec des mots qui semblent bêtes, comme ça, mis noir sur blanc.

Mais serait-ce juste parce que, désormais, ni elle ni moi ne serions jamais maman ?

Poppy

La mer est belle, le ciel est bleu, les bateaux sont blancs, il ne manque plus que Nana Mouskouri en train de chanter « Roses blanches de Corfou » pour que la carte postale grecque soit absolument parfaite.

Du balcon de la chambre d'hôtel, je regarde la plage en contrebas, où je ne vais jamais. Non pas par peur du paparazzi en planque derrière un pédalo, mais par manque d'assurance, tout simplement. Ou par manque d'énergie... Ou par paresse. Enfin, bref, mon périmètre de villégiature se situe entre les quatre murs d'une chambre d'hôtel et un balcon exposé plein cagnard. Parfois, je descends à l'épicerie en bas de la route pour acheter des journaux vieux de trois semaines, des *Paris Match* périmés et des mots fléchés en anglais. Parce que ici, tout est fait pour eux. Et par eux. Les Anglais sont partout, et ils ont bien raison parce que ici, c'est joli, c'est chaud, c'est gai et c'est bruyant.

Bien sûr, c'est le dernier endroit où les people en manque de promo penseraient à poser leur royale espadrille tant il n'y a rien de mieux à faire qu'écouter les enfants des autres hurler de bonheur en se faisant traîner sur l'eau par une banane géante, ou regarder les patrons des restaurants à touristes tenter de kidnapper des familles entières pour le déjeuner en leur promettant des bières gratuites et des frites à volonté. Le soir, des hordes de jeunes gens parfumés au Kärcher, cheveux lissés au Babyliss, pour les filles, et savamment explosés au gel, pour les garçons, déambulent en riant dans les rues à la recherche du meilleur bar dans lequel ils pourront se soûler et draguer avant de tomber dans le coma sur la plage à cinq heures du matin, sous le regard blasé des pêcheurs qui commencent leur journée.

C'est tout ce dont j'avais besoin après un nouvel échec. Un peu d'anonymat et de normalité. Sous le soleil. Même si j'éclate dans mon nouveau maillot de bain rose (six kilos de plus à chaque traitement, ça commence à faire beaucoup), je ne me sens pas tout à fait au fond du gouffre. Ou alors je refuse d'y penser.

J'entends Poppy, la femme de ménage de l'hôtel, entrer dans la chambre et, comme chaque matin, je lui sors les trois mots de grec qui ont jamais réussi à imprimer mon cerveau. Comme chaque matin, elle fait semblant de trouver ça très bien et me le fait comprendre en levant son pouce et en souriant. Elle a la petite cinquantaine, des cheveux blonds en cascade, un uniforme impeccable, et elle ne transpire jamais. Alors que je ne peux pas ouvrir la fenêtre sans flinguer mon brushing et ressembler à une serpillière, elle frotte, elle lave, elle récure et change les draps en chantant et en restant impeccable. Ça me bluffe. J'ai honte de le dire et de le penser. Je me fais l'effet d'être une de ces snobs caricaturales dans un sketch de Sylvie Joly qui trouve « tellement formidable et pratique d'aller poster son courrier soi-même dans ces charmants bureaux de poste tellement accueillants ». Je devrais récurer plus souvent (si ça se trouve, je transpire parce que je manque d'entraînement). De mes racines modestes, il m'est resté la gêne de laisser une tierce personne, même rémunérée, laver mon lavabo ou faire mon lit. Du coup, je lui ai avancé le travail en rangeant la chambre au cordeau. Mais elle est là pour faire son travail quand même et je la laisse astiquer les lampes de chevet en me repliant sur le balcon.

Je me replonge dans une magnifique revue anglaise, dont la couverture jaunie par le soleil en dit long sur le temps qu'elle a pu passer à la devanture du kiosque. La ligne éditoriale n'est pas très claire, mais je la situerais entre *France Dimanche*, *Détective*, *Paris-Turf* et le catalogue *Daxon*. Plongée dans des histoires vécues passionnantes, je passe d'une mamie aux cheveux bleus qui raconte avoir été sauvée par son ange gardien alors qu'elle s'était endormie sur la plage de Lanzarote en plein soleil, grâce à une mouette venue se poser sur sa tête pour lui faire de l'ombre, lui évitant ainsi l'insolation, au témoignage en béton armé d'un homme ayant été élevé par un troupeau de chèvres (?). Et puis, je plonge dans le récit de cette femme, qui, désespérée de ne pouvoir avoir d'enfants, s'est rendue sur l'île de Rhodes, en Grèce, dans un monastère célèbre, qu'il faut atteindre en grimpant des centaines de marches à flanc de colline en mâchouillant une bougie. Une fois arrivé, si l'on a survécu à la montée et à l'indigestion de cire, on fait une prière à quelque saint du cru et on redescend, non sans avoir lu les milliers de témoignages de femmes venues en ce lieu, qui, grâce à sa magie, se retrouvèrent enceintes quelques mois après... Miraculeux.

Miraculeux et proche. Une voiture de location, un coup d'aéroglisseur, et cela ne me prendrait pas plus d'une journée pour aller là-bas. Quelle aubaine. Les centaines de marches ? J'étais prête à les grimper quatre à quatre sans problèmes, et la bougie à mâchouiller, j'avais ingurgité bien pire dans ma vie lors de mes nombreux séjours en Grande-Bretagne... alors ?

Je rentrai dans la chambre fraîche où Poppy terminait de balayer sous le lit. Je tentai une approche en anglais, en lui montrant le magazine :

« Poppy, vous connaissez Rhodes ? »

La langue de Shakespeare lui posa un petit problème d'emblée. Elle posa son menton sur le haut du manche de son balai et se mit à répéter le nom en regardant dans le vague :

« Rrrrrhode ? No. No. »

Puis elle eut une illumination et se frappa le front avec son gant Mapa :

« Ah ! RRRoooodos ! »

Je glapis un « yes » victorieux. Poppy sourit de toutes ses dents : « Yes ! Yes ! Rrrrodos ! » Puis elle pointa son doigt en direction de l'horizon. Je confirmai en ululant de plus belle des « yes yes » fous de joie. Poppy attendait la suite, stoïque, appuyée sur son balai : statuesque. Je continuai l'interrogatoire en anglais, en français et en langage des signes :

« You know a monastery in Rrrodos ? » (J'articulai chaque syllabe du mot « monastery »).

Elle réfléchit de nouveau. Pour l'aider, je lui mimai le moine en prière, l'auréole au-dessus de sa tête et même le sonneur de cloche ! Je ressemblais à

Louis de Funès s'adressant hystérique à la statue de la Vierge, dans le film *La Folie des grandeurs*. Poppy me regardait me démener comme une folle. Puis elle plissa les yeux en disant :

« No. No monastery in Rrrodosss... sorry. »

A bout d'arguments et de mimiques je flanchai un court instant avant de me reprendre : « Mais yes, a monastery where..... », et je fis semblant de monter des marches, de m'arrêter de prier et ensuite ma main forma un énorme ballon au niveau de mon ventre. Je fignolai le tout en penchant légèrement mon buste en arrière pour accentuer le côté « enceinte ». Poppy eut comme une illumination et laissa tomber son balai :

« Ahhhhhhhh... yes yes, this monastery yes yes ... »

Elle me lança un nom en grec que je n'eus pas le temps de retenir mais on s'était comprises. Enfin. Poppy eut un moment d'hésitation puis elle secoua la tête tristement :

« No, not good monastery... not working... »

Ah bon ? Ça marche pas alors ? Poppy ramassa son balai et prit une grande respiration :

« Moi, three bambinos, OK ? »

OK, elle a trois enfants.

« Two boys and one girl. First boy : three girls. Second boy : two girls and one boy. »

Ah super, je suis contente pour elle, si jeune et déjà six petits-enfants... Elle m'interrompt :

« Wait ! not finish.... »

OK, Poppy, j'attends.

« But my daughter... NO bambinos. Not possible. One, two, three monasteries, churches, doctors but NIET ! No bambinos... »

Poppy brandit sa main devant moi en écartant tous les doigts :

« Five years she tries and nothing. »

Je la regarde :

« Comme moi, je dis bêtement. Nothing. »

Poppy soupire tristement et dit un truc en grec... J'ai un geste de découragement. Je suis dans cette chambre d'hôtel, avec cette inconnue, et sans le savoir je viens de la rendre triste en lui parlant de moi, parce qu'elle vient de penser à sa fille qui rame depuis cinq ans pour avoir un bébé. Alors, je découvre cette chose inouïe qui m'était jusque-là inconnue, et que jamais je n'aurais crue possible, je découvre le lien secret qui lie toutes les femmes les unes aux autres, et qui fait que mon histoire fait partie d'un tout, d'un immense conte universel que chacune connaît dès sa naissance et qui résonne en elle dès qu'elle reconnaît les premiers mots... Mon histoire est devenue en quelques secondes son histoire. Poppy pose son balai et me prend dans ses bras. Elle me serre fort et je sens que mes yeux se remplissent d'eau. Elle tapote ma joue, pose sa main sur mon ventre et me dit avant de partir :

« Next year, you come back with baby inside, I know. »

Oui Poppy, pourquoi pas ? Peut-être qu'il y aura un bébé à l'intérieur quand je reviendrai l'année prochaine... En tout cas, c'est gentil de le dire, de le souhaiter, à moi que vous ne connaissez même pas, et que vous ne reverrez sans doute jamais... Je la regarde fermer la porte derrière elle et je reste là sans bouger. La rencontre n'a pas duré plus de cinq minutes et pourtant il me semble que l'on a parlé pendant des heures. Je ramasse le magazine et je vais consciencieusement le placer dans la poubelle avant de retourner sur le balcon brûlant.

La mer est belle, le ciel est bleu, les bateaux sont blancs, et les cris des enfants heureux me rappellent que je suis en vie.

Comme cette pauvre Fabiola et cette pauvre Soraya

Longtemps, il ne fut pas de bon ton pour nous les femmes d'étaler au grand jour nos problèmes de conception… Ça n'a pas beaucoup changé, rassurez-vous.

Mère Nature ayant, prétendument, veillé à tout sur cette terre, celles qui se retrouvaient avec ce handicap avaient le choix entre la fermer et faire profil bas, se devaient d'éviter d'ennuyer leur entourage avec leurs ovaires récalcitrants et surtout d'aborder leurs démêlés gynécologiques lors des réunions de famille juste avant qu'on apporte la tarte aux quetsches et le café.

Totalement inapproprié.

La comparaison va vous sembler osée, mais une sorte de honte à ne pouvoir concevoir s'ajoutait au chagrin de ne pouvoir en parler. Comme une femme battue se refuse à appeler à l'aide parce qu'elle pense être seule responsable des baffes qu'elle reçoit en privé de la part de son compagnon...

Il semble que, depuis longtemps, avouer à la face du monde la souffrance de ne pouvoir être maman devait être abordée avec beaucoup de délicatesse, avec des mots choisis, les circonvolutions d'usage et les ellipses appropriées. En gros, vous deviez en dire le moins possible ET avec dignité, tact et résignation, afin de ne pas embarrasser l'interlocuteur.

Et il en fallut, du tact et de la diplomatie de haut vol, pour parler sans en parler des soucis de cette brave reine Fabiola de Belgique.

A l'époque, *Paris Match* ne faisait pas dans le total look people et scandale, et *Voici* n'existait pas encore. On ne parlait donc que du bout des lèvres et avec beaucoup de précautions de cette pauvre reine Fabiola qui ne pouvait connaître les joies de la maternité. Et les femmes de l'époque, chez le coiffeur, soupiraient d'un air entendu en lisant l'article où l'on décrivait en termes à peine voilés les « difficultés » de la première dame de Belgique. Et basta.

A la même époque, cette pauvre Soraya eut moins de chance avec les médias. J'ai encore en mémoire une photo noir et blanc de cette magnifique jeune femme, cachée derrière de grosses lunettes noires, cigarette à la main, dans ce wagon de chemin de fer qui l'emportait loin de son pays et de cet époux qui n'avait eu d'autre choix que de la répudier pour ne pas avoir pu lui donner d'héritier, malgré l'amour qu'il lui portait. Ecrit comme ça, noir sur blanc, on ne peut que se dire que la politique a des raisons que le cœur des femmes ne connaît pas... Et que ça aurait fait un bon film avec Ingrid Bergman... Sauf qu'au milieu de cette histoire dramatique, il y avait une femme, un ventre et un chagrin bien réel, dont personne ne parla vraiment, car ce n'était pas le propos. Tout cela était si romanesque... Si triste et si passionnant...

Au-delà de toute cette peine, un pays n'avait pas d'héritier mâle et cela prit toute la place dans les pages des magazines...

Et cette femme que je rencontrais parfois dans le VIIe arrondissement de Paris, si droite dans son manteau de fourrure, encore belle et royale, cette femme resta en un sens toute sa vie « celle qui ne put faire un enfant à son mari »... Celle qui fut punie pour cette faute, et qui sut la taire avec une classe incomparable. Aujourd'hui, lorsque je pense à elle, je vois une femme que je connais sans l'avoir vraiment côtoyée et qui, malgré une bonne étoile qui la fit s'endormir parfois dans des palais du bout du monde ou dans des hôtels de luxe, entourée de domestiques, devait sans doute se demander avant de fermer les yeux quel aurait été son destin, sa vie, si son ventre ne lui avait pas refusé le droit d'être mère.

C'est comme ça. Dans ce cas précis, reine, princesse, duchesse ou secrétaire de direction, nous sommes toutes membres du même club. Le sang bleu n'a jamais influé sur le résultat d'un test de grossesse...

Voilà.

Lorsque, au cours d'une émission télé, je laissai éclater ma colère quant à la lenteur des formalités d'adoption en France, dès le lendemain, certains levèrent un sourcil réprobateur et me reprochèrent ce coup de pub à peine déguisé en coup de gueule... La vérité est que je ne m'attendais pas à être capable de tant de virulence, et Ardisson non plus. Le silence se fit sur le plateau et j'écoutai ma voix balancer ce que j'avais sur le cœur comme si quelqu'un d'autre parlait à ma place. Une partie de moi racontait, une autre hurlait en moi et me suppliait de me taire. Tout le monde allait savoir après ça... Tout le monde saurait que quelque chose clochait chez moi, quelque chose d'intime, de grave, de personnel, de triste. Moi qui étais la bête noire de mes attachés de presse, moi qui les obligeais toujours à refuser des interviews qui auraient pu avoir un rapport avec ma vie privée, je me posais là en grande prêtresse de la contradiction... L'attaché de presse, qui m'accompagnait ce jour-là, en avait le souffle coupé. Et je ne le remercierai jamais assez du regard de tendresse qu'il m'offrit lorsque je sortis du plateau. Ni du tact dont il fit preuve en me disant, sans me le dire vraiment, que l'on pouvait toujours demander que certains de mes propos soient coupés au montage. Mais il connaissait déjà ma réponse, comme il connaissait déjà mes combats et mes emplois du temps réglés sur ceux de l'hôpital et des traitements. Je savais que je ne pouvais plus reculer et qu'il était trop tard pour nier la réalité. Je la confirmai même quelques jours après dans une interview où j'acceptai de dire quelques mots sur les joies de la procréation médicalement assistée. Je savais que pour moi tout était joué, que je n'avais quasiment plus aucune chance que les traitements fonctionnent. Il me restait quelques forces pour parler pour mes sœurs d'infortune, qui n'ont pour se tenir chaud que les forums Internet. Là, elles peuvent enfin se lâcher, se réconforter, s'informer, pleurer sans honte, maudire le ciel après de nombreuses tentatives et autant d'échecs, mais parfois aussi se réjouir de la bonne nouvelle trop rare de celle pour qui c'est « + + + + + + ! ! ! ! » (test positif bébé en route), enfin !

Je voulais juste en parler pour que plus jamais je ne lise dans *Libération* des articles comme celui qui fit vibrer les filles du forum de colère et d'indignation, où un journaliste osa écrire que la PMA (Procréation Médicalement Assistée) était aujourd'hui une solution de facilité pour les femmes qui n'arrivaient pas à tomber enceintes rapidement. Si seulement il savait. Si seulement il connaissait les détails de nos parcours, les examens douloureux qui s'enchaînent, les traitements contraignants, les espoirs qui s'envolent après chaque test négatif, l'attente qui n'en finit pas, la paperasse pour la Sécu, les problèmes financiers qui bloquent lorsque, pour certaines, elles doivent prendre en charge la totalité du traitement (après quarante-trois ans ou après la cinquième fécondation *in vitro*), les tensions dans le couple, les reproches et les regrets, et l'amour, la patience et la volonté que tout cela demande pour ne pas sombrer.

La récompense à laquelle je ne m'attendais pas, je la croise souvent dans la rue lorsque quelqu'un m'aborde pour me parler de son histoire, ou au détour d'une lettre postée comme une bouteille à la mer par une femme, ou un couple qui souhaite juste témoigner.

Il y en a trop pour pouvoir y répondre personnellement. Le joli tas grandit de jour en jour sur mon bureau. Je fais ce que je peux mais il me semble que j'ai toujours trente lettres de retard. Je sais aussi que ces lettres, souvent sans adresse, ne me demandent pas de réponse. Ni autographe, ni photo, ni rien de ce genre... Inutiles trophées puisque ceux qui m'écrivent vivent la même histoire à peu de chose près, et que ce désarroi nous lie par-delà les distances.

J'ai gardé la première lettre reçue comme un joli cadeau et il m'arrive de la relire, juste comme ça, pour me faire du bien. Sur un papier à lettres fleuri, en lettres rondes et penchées, précises et claires, cette jeune femme me livrait avec humour sa course effrénée vers l'enfant promis. Elle me racontait les Noëls, avec ses quatre belles-sœurs, ses huit neveux et nièces, et son mari et elle, plantés comme deux piquets devant le sapin à regarder tout le monde s'activer comme dans une volière en feu. Elle me livrait les réflexions mesquines de ceux qui ne savaient pas et les commentaires déplacés de ceux qui croyaient savoir. Entre les : « Vous plaignez pas, les enfants, c'est que des problèmes, vous ne connaissez pas votre chance ! » et les : « Tu peux faire tous les traitements que tu veux, moi je te dis que c'est dans la tête que ça se passe ! Quand

Gérard aura retrouvé du boulot tu verras que tu tomberas enceinte... », sans parler des « Dites donc, faudrait plus trop tarder pour agrandir la famille, c'est bien beau la lune de miel mais les petits-enfants vont pas se faire tout seul ! ». Je lisais cette lettre et j'étais avec elle, chez elle, avec les siens. J'étais avec elle, dans la salle de bains, lorsqu'elle devait en plein milieu du dîner aller se cacher pour s'injecter à heure fixe sa dose d'hormones quotidienne. J'étais avec elle lorsque, lors d'un week-end chez ses beaux-parents, elle fit une « hyperstimulation ovarienne » et que son mari dut l'emmener de toute urgence en pleine nuit à l'hôpital, prétextant une crise d'appendicite aiguë pour ne pas avoir à raconter par le menu les détails du traitement et ses inconvénients... Elle finit sa lettre en m'offrant un dernier coup d'éclat. Elle m'avait lue, et pourquoi cela avait fait tilt dans sa tête, elle n'aurait pu le dire. Mais il y avait eu un ras-le-bol certain le dimanche qui s'ensuivit et, en pleine réunion de famille, devant les belles-sœurs et le reste de la famille atterrée, elle avait, d'une voix calme, juste avant les avocats-crevettes, avoué que depuis trois ans elle suivait un traitement très dur pour avoir un bébé, qu'elle ne souhaitait plus le cacher, ni faire semblant. Elle poursuivit en avouant que son mari et elle en avaient ras la casquette des réflexions débiles sur le fait qu'après sept ans de mariage ils jouaient encore les tourtereaux et que si elle pouvait chaque dimanche, chaque anniversaire, chaque Noël prendre sur elle et partager la joie de ceux qui avaient réussi à donner la vie, elle espérait en retour que l'on puisse au moins comprendre leur situation, sans les plaindre, juste comme ça, en étant proche d'eux, naturellement, en évitant les mots qui blessent, et en comprenant que si elle se réjouissait de chaque nouvelle grossesse dans la famille, il fallait tout de même entendre que chaque ventre qui s'arrondissait lui brisait le cœur, et qu'elle avait le droit parfois d'être triste et ne pas souhaiter être ailleurs que sous la couette, toute seule, à regarder « Madame est servie » en se bourrant de Pépitos.

La famille, dans un silence gêné, déglutit à l'unisson et bredouilla un « Mais bien sûr, on comprend très bien » mal assuré, qui ôta une des grosses pierres qui écrasaient son cœur depuis trop longtemps… Ils attaquèrent les avocats-crevettes en changeant de conversation et, triomphante, elle regarda son mari qui, de l'autre côté de la table, lui envoya un baiser discret qui valait tous les bouquets de roses du monde.

J'aime bien cette lettre. Parce que le plus difficile, au-delà de vivre sans enfants, c'est d'avoir à vivre avec le regard des autres, ou parfois de s'en protéger... C'est de devoir se battre sans jamais culpabiliser, ni d'en vouloir à ceux qui se voient offrir un bonheur qui vous est refusé.

Oui, j'aime bien cette lettre.

Je sais pourquoi...

Papa

Mon papa sait plein de trucs sur la vie. Je sais pas comment ni d'où il tient ça, mais c'est incroyable ce qu'il est fort.

Quand une dame qui attend un bébé vient à la maison, une amie de la famille ou une cousine, on demande souvent à papa de dire si ce sera un garçon ou une fille. Forcément, les dames elles peuvent pas savoir car il n'y a pas d'appareil pour voir dans leur ventre... Alors, forcément, elles ont envie de savoir, c'est normal.

Maman, elle, elle dit que si le ventre est très haut et tout pointu ce sera un garçon. Et si il est très rond et très bas, ce sera une fille. Ou le contraire.

Papa, lui, il a des méthodes scientifiques et ancestrales qui doivent lui venir directement de ses racines italiennes. C'est plus sûr. Alors, après le déjeuner, il demande à la dame un cheveu et son alliance et il attache l'alliance avec le cheveu. Ensuite, il suspend le tout, comme un pendule, au-dessus du ventre de la dame. Et là, tout le monde retient son souffle devant sa part de tarte aux pommes. Si l'alliance tourne en rond, ce sera un garçon, et si elle tourne de gauche à droite, eh ben ce sera une fille. Ou le contraire.

Du coup, la dame repart rassurée, et elle peut aller faire des courses pour le bébé et repeindre la chambre soit en rose soit en bleu. Car mon papa se trompe rarement. En fait, comme on ne se souvient jamais trop de ce qu'il avait dit à la dame, on a un peu de mal à vérifier son taux de réussite. Mais, à mon avis, c'est bon à tous les coups.

Parfois, il change de méthode et il laisse tomber sa serviette de table au milieu de la salle à manger. Et ensuite il demande à la dame d'aller ramasser la serviette. Alors la dame s'extrait de sa chaise avec difficulté, et se dandine, le buste dangereusement penché en arrière, puis elle se penche avec son gros ventre qui la gêne, ramasse la serviette et là papa fait sa prédiction qui scotche tout le monde : si elle ramasse la serviette par le milieu, ce sera une fille, si elle la ramasse par le coin, ce sera un garçon. Ou le contraire.

Trop fort, papa.

Moi, les dames qui attendent des bébés, je les trouve pas très belles. Quand c'est l'été, elles ont souvent des taches sur le visage et des maillots ridicules avec des jupettes. C'est moche. Et puis j'aime pas leurs robes. On dirait des tentes avec des tas de plis qui cachent leur ventre, des petits cols blancs ou des gros nœuds sur le devant comme les peintres dans mon livre d'histoire. Et puis elles portent souvent des chaussures plates et ça leur fait des gros mollets. C'est bien dommage que personne n'ait inventé des jolis habits pour les dames qui attendent des bébés et qu'elles soient obligées de porter des manteaux en forme de trapèze et des cache-pots à petites fleurs comme les chemises de nuit des mamies.

Quand je serai grande, je porterai que des jolies choses. Et papa me fera le coup de l'alliance ou de la serviette de table pour annoncer à tout le monde si ce sera un garçon ou une fille.

« T'as bien le temps de penser à ça », disent les dames avec le gros ventre, en riant et en reprenant du café et un boudoir.

C'est vrai que j'ai le temps. Et puis je suis bien trop occupée avec tout ce que j'ai à faire avec mes poupées. Les habiller, les déshabiller, les laver, les coiffer, leur faire des coupes de cheveux avec les ciseaux pour couper les ongles de maman, leur faire la classe, leur donner des noms, les promener dans leur poussette et tout ça... Maman a même accepté que je baptise ma poupée préférée. Alors, on a invité des copines avec leurs poupées à elles, maman a acheté des petits fours comme les grands chez le boulanger, du Pschitt-orange, du Pepsi et des tas de bonbons, et on a fait la fête dans le salon entre mamans de poupées. C'était bien. Ma poupée a même reçu des cadeaux, ce qui est normal vu qu'à un baptême on reçoit des cadeaux pour le bébé, non ?

Maman avait tapé les invitations avec sa machine à écrire à son bureau. Comme des vraies. Qu'est-ce que c'était bien... Qu'est-ce que ça faisait vrai.

Ça, on ne peut pas dire le contraire, mes poupées sont pourries-gâtées. Maman a même tricoté le même pull jacquard pour l'une d'elles et pour moi lorsque je suis partie en classe de neige. Les monitrices ont bien rigolé quand elles ont vu ça, mais moi je m'en fichais pas mal, parce que d'abord elles étaient méchantes et pas belles avec leur rouge à lèvres blanc et leur nez tout pelé, ensuite parce que personne n'avait jamais vu un aussi beau pull pour une poupée (et pour moi aussi bien sûr).

Plus tard, maman tricotera aussi des pulls pour moi et mes enfants. Avec des tas de points compliqués et des trous-trous en bas des manches. Comme je veux onze enfants au moins, ça lui fera beaucoup de travail. Quand je lui dis ça, maman répond toujours la même chose :

« Fais-en déjà un et puis après tu verras ! »

Papa, lui, il ne dit rien, car les hommes c'est pas leurs affaires. Et c'est pas à lui que j'oserais demander si d'avoir des bébés ça fait mal. Ça je le demande à maman. Et elle répond toujours la même chose :

« Si ça faisait mal, j'en aurais pas eu deux ! »

Logique. Ça doit pas faire mal. C'est pour ça que j'en aurai onze. Plus tard.

Plus tard ce sera comme aujourd'hui. J'ai bien le temps, d'accord, mais quand même il faut que je m'entraîne dès maintenant. C'est pour cette raison que j'ai beaucoup de poupées. Pour plus tard. Pour ne pas être prise au dépourvu.

Bon, faut que j'y aille, le bain des poupées va pas se faire tout seul.

Toutes seules en amoureuses

Je ne me rappelle plus pourquoi, ce dimanche-là, maman et moi nous étions retrouvées en tête à tête au restaurant. En amoureuses.

Je devais avoir neuf ou dix ans et, même si je connaissais très bien l'endroit, ce dimanche avait quand même des allures de fête.

C'était un de ces restaurants tout simples et sans chichis, une sorte d'auberge avec des nappes blanches et des assiettes décorées d'un faisan doré en leur centre. Il y avait plusieurs verres, des tas de fourchettes, une serviette pliée comme un cygne et du pain dans une corbeille argentée. Ce n'était qu'à cinq minutes de la maison, mais c'était une vraie « sortie » : j'avais mon beau manteau, mes chaussettes blanches et mes chaussures à brides que maman gardait dans une boîte pour les grandes occasions comme les communions ou les mariages de mes cousines. Elle, elle avait mis son chouette manteau avec un peu de renard au col, ses clips d'oreilles dorés, sa broche en forme d'oiseau pour retenir son foulard et son sac à main en vernis noir avec un mouchoir propre dedans, son porte-monnaie et une boîte de Zan. Elle sentait bon « L'Air du temps » de Nina Ricci, et j'avais eu le droit de mettre un peu d'eau de Cologne « Bien être » pour faire la grande.

Alors, on était en tête à tête, ce dimanche, dans ce restaurant familial, à commander des champignons à la grecque, du tournedos Rossini (très à la mode à l'époque, surtout lorsqu'il était servi avec des pommes dauphine et un énorme bouquet de cresson amer) et à papoter de tout et de rien. Je lui racontais ce qu'elle savait déjà mais qu'elle faisait certainement semblant de trouver passionnant par amour : mes démêlés avec ma prof de danse, les potins de l'école et mes projets d'avenir concernant ma future profession (elle ne vit aucune objection à ce que j'abandonne mon rêve de devenir juge d'instruction pour me diriger vers pilote de ligne ou commissaire de police).

Dans le restaurant, c'était le coup de feu et les deux employées habituelles avaient du mal à jongler avec les commandes, les apéritifs à servir, les clients énervés qui attendaient leur addition et les tables familiales de dix personnes qui laissaient leur progéniture courir en hurlant dans toute la salle.

Nous deux, nous n'étions pas pressées, alors nous regardions le ballet des serveuses en souriant, et maman lançait des regards de compassion pure au personnel dépassé par les événements. Pour un peu, elle se serait levée pour apprendre aux parents à garder leurs enfants assis correctement à table et pour débarrasser elle-même les assiettes sales...

Nous étions bien ensemble, mère et fille, sagement assises près de la fenêtre à nous extasier sur le moindre rayon de soleil qui venait caresser ce dimanche gris de banlieue, osant cet acte de rébellion inouï qui consistait à rester à table alors qu'il était près de quinze heures et que cela ne se faisait pas d'habitude...

Le dessert tardant à venir, une dame d'une cinquantaine d'années vint s'excuser du retard pris en cuisine. Elle avait une petite robe noire, un joli tablier blanc et l'air épuisé. Maman me fit comprendre que c'était une « extra »... Je demandai si c'était parce qu'elle était « extra » qu'on lui avait demandé de venir aujourd'hui où il y avait beaucoup de travail.

Maman m'expliqua sans rire que cette dame travaillait dans plusieurs restaurants « en plus » des serveurs habituels, lorsqu'il y avait beaucoup de clients... Je trouvai son explication beaucoup moins logique que la mienne, mais comme une magnifique omelette norvégienne en feu pour douze personnes venait de traverser toute la salle sur un plat d'argent, je me contentai de cette raison en attendant mon dessert à moi et en jouant avec la salière. Maman me montra du doigt la porte de la cuisine et je vis la gentille dame « extra » arriver triomphante avec ma coupe de « poire belle-hélène » qu'elle posa devant moi avec un mot gentil. Maman ne put s'empêcher de la remercier comme si elle lui avait apporté le ticket gagnant du Loto et lui demanda si elle venait souvent travailler ici. Je n'écoutais pas la conversation, trop occupée que j'étais à séparer consciencieusement la chantilly de la poire (j'ai toujours détesté la chantilly mais j'oublie toujours de le dire), afin d'attaquer tout de suite le chocolat chaud. J'entendis la dame demander à maman mon âge et ce genre de trucs que les dames entre elles demandent souvent et qui ennuient profondément les enfants... Je pris pourtant l'initiative de sourire de toutes mes dents, pour faire ma propre promo de petite fille charmante. La dame « extra » me rendit mon sourire, sauf que le sien était tout triste et son regard comme celui de quelqu'un qui ne va pas pleurer, mais presque. Maman conclut en lui souhaitant bon courage pour le service du soir et, comme à son habitude, ne put s'empêcher de s'inquiéter pour elle :

« Ça va vous faire finir bien tard ce soir... c'est pas marrant pour un dimanche. »

La dame débarrassa la table en quelques gestes et, dans un soupir lourd que je n'oublierai jamais, elle s'enfuit sur cette dernière phrase :

« Oh, vous savez, ça n'a pas d'importance. Je n'ai personne derrière et personne devant... Alors, finir tard, quelle importance ? »

Je regardai maman qui tout à coup avait sa figure des jours sans.

« Ça veut dire quoi : personne derrière et personne devant ? », demandai-je, la bouche pleine de poire au chocolat.

Maman, qui regardait encore dans la direction de la dame qui venait de partir, hésita un instant :

« Ça veut dire que... cette dame... eh bien, elle n'a pas de famille derrière elle, comme toi tu as tes grands-parents, tes oncles et tes tantes... et puis qu'elle n'a personne devant elle... comme papa et moi avec vous... elle n'a pas pu avoir d'enfants peut-être... c'est possible, je ne sais pas... »

J'en remis une couche :

« Ah, elle est toute seule alors ? C'est pour ça qu'elle avait envie de pleurer quand elle me regardait tout à l'heure ? »

Je trouvais tout ça pas très rigolo. Surtout de ne pas avoir de papy ou de mamie, ou de cousins, ou de tatas ou de tontons... Moi, ça ne me concernait pas vraiment parce qu'une famille, j'en avais une, et à neuf ans, on ne voit pas beaucoup plus loin que sa poire belle-hélène... Quant au fait de ne pas avoir d'enfants, ça me semblait bizarre, parce qu'à neuf ans, je croyais que TOUT le monde avait des enfants et qu'il fallait vraiment le faire exprès pour rater son coup, ou bien être une sorte d'originale allergique aux enfants et au shampooing, vivant en recluse avec des moutons et des vieux livres en pleine montagne... A neuf ans, on ne sait pas encore ce que la vie vous réserve comme bonne surprise... A neuf ans, on ne comprend pas encore pourquoi une dame avec un joli tablier blanc a posé sur vous un regard tout mouillé et pourquoi votre maman n'arrête pas de murmurer « comme c'est triste » en faisant semblant de chercher un truc dans son sac à main...

Il m'est souvent arrivé de penser à cette petite dame et d'imaginer des scénarios la concernant. Je la voyais rentrer à pied chez elle, la nuit, sous la pluie, après la fermeture du restaurant, et se retrouver dans un petit appartement silencieux, où personne ne l'attendrait jamais et où le téléphone ne sonnait que pour lui demander de venir donner un coup de main pour un mariage ou un baptême… J'y pensais brièvement, puis je respirais un grand coup la chaleur et l'amour qui m'entouraient chez mes parents, et je n'y pensais plus.

Une famille derrière moi, j'en avais une. Et des enfants, j'en aurais trois ou quatre (cela dépendrait de mon mari, mais en tout cas pas moins de deux). Mais jamais je ne lui ressemblerais, alors à quoi bon me faire peur toute seule ?

Non, jamais je ne deviendrais un doux fantôme qui poserait, sans le vouloir, un regard embué de larmes sur les petits enfants dans leurs beaux habits du dimanche… Ça, jamais.

Je ne sais pas pourquoi le souvenir de cette femme si seule, sans famille et sans enfants, ne m'a jamais quittée, comme un mauvais rêve qui revient sans cesse ou comme une prémonition…

J'avais neuf ou dix ans, maman et moi nous déjeunions en amoureuses, un dimanche gris de banlieue, et je croyais que rien de grave ne pouvait m'arriver…

Sa fille

Tant qu'elle était vivante, j'étais sa fille, et il me semblait que je ne pouvais être la mère de personne. « LA » mère, c'était elle... Pas moi.

Même si elle me pressait de lui donner des petits-enfants, même si elle se plaignait du vide autour d'elle, de ses amies plusieurs fois grands-mères, j'étais sa « petite reine », sa « poupée », et je n'avais pas grandi à ses yeux.

Pourtant, et cela me coûte de le dire, je suis soulagée qu'elle n'ait pas eu à traverser avec moi ces moments difficiles. Je m'en serais voulu qu'elle me sente triste, qu'elle me voie pleurer, ou que, comme moi, elle mette tout son espoir dans une quatrième ou cinquième tentative et que, comme moi, elle vive les résultats négatifs comme un échec personnel, une injustice ou une malédiction...

Je n'aurais pas supporté son chagrin.

D'ailleurs, je ne supportais ni de la blesser, ni de la décevoir. Peut-être est-ce pour cela que je n'ai pas eu d'enfant plus tôt dans ma vie. J'aurais pu décider des dizaines de fois de faire un enfant toute seule, comme certaines de mes amies, avec un amoureux de passage, ou avec un homme un poil résistant à l'idée d'être papa. Je suis persuadée que je m'en serais très bien sortie... Mais je ne me suis pas fait confiance, j'ai voulu attendre le bon moment, l'homme parfait, l'équation idéale. Et puis, elle n'aurait pas aimé l'idée d'avoir une fille « mère célibataire », ça non... Et je n'ai jamais eu le courage de lui désobéir... Alors ? Alors, j'ai attendu et attendu encore... Comme dans la chanson d'Alain Souchon :

T'auras attendu, ma belle,
Pour des reines-claudes et des mirabelles [1].

Mais rien ne peut me garantir que je n'aurais rencontré aucun problème pour concevoir un bébé il y a dix ans ou quinze ans, puisqu'on ne sait pas vraiment pourquoi je ne peux en concevoir un aujourd'hui, comme des milliers de femmes : « stérilité inexpliquée »... C'est un cas trop fréquent, qui laisse la place à tous les questionnements.

---

1. Alain Souchon, « J'attends quelqu'un », paroles d'Alain Souchon, musique de Laurent Voulzy, 1988, BMG Music.

Je me souviens d'elle me confiant lors d'une conversation :

« Lorsque ton père et moi nous avons voulu t'avoir, le mois d'après, j'étais enceinte... Et en plus, tu es née le jour de la Saint-Désiré ! Je ne pouvais pas espérer mieux ! »

Evidemment, si elle était là aujourd'hui, elle n'oserait plus se confier ainsi. Elle saurait deviner que, tout comme elle, j'ai souhaité cet enfant, mais que je n'ai pas eu sa chance...

Qu'aurait-elle fait si elle avait été encore de ce monde ? Que m'aurait-elle dit pour me rassurer ? Aurait-elle volé ma tristesse pour qu'elle me soit plus légère ?

J'ai malheureusement peu de souvenirs personnels lui ayant appartenu. Il y a ce sac à main vide, ou presque, avec juste un mouchoir propre et un petit carnet que ses collègues de bureau lui avaient offert lorsqu'elle quitta la société où elle était secrétaire pour un poste dans une autre entreprise. Elle avait dix-neuf ans, elle allait se marier avec papa et toute sa vie était là, devant elle, pavée de projets, d'espoirs et de questions. Dans ce petit carnet, tous ses collègues lui ont écrit un petit mot d'adieu, de leurs belles écritures sages, fines et appliquées. Bien loin des cartes de vœux toutes faites d'aujourd'hui où une machine a imprimé pour vous « Vive la quille ! » avec des lapins idiots en train de siroter du champagne. Là, chacun y avait mis un peu de son cœur, et des souhaits réfléchis qu'elle pourrait garder toute sa vie en souvenir de son passage chez eux.

Un de ces petits textes me touche plus que les autres. Il est tracé à l'encre brune sur le papier jauni. Une collègue, certainement plus « proche » que les autres, lui ouvre son cœur et la remercie de son amitié. Puis elle ajoute :

« Je te souhaite que tes vœux les plus chers se réalisent au plus vite : un beau bébé joufflu et le petit appartement de tes rêves. »

Voilà ce à quoi ma maman rêvait à dix-neuf ans : un petit nid pour son couple tout neuf et un bébé... Nous n'avons jamais été si différentes après tout. Malgré mes coupes punks, mes rébellions précoces, mes idées de grandeur et de liberté, j'ai eu en moi, et sans le reconnaître, les mêmes rêves et les mêmes désirs qu'elle... Et je suis heureuse aujourd'hui de penser que ce qui lui tenait à cœur s'est accompli en grande partie.

Quant à moi... Je comprends trop tard que je n'ai plus l'âge, et que j'ai laissé passer l'heure.

Je n'ai plus dix-neuf ans et la vie n'a de cesse de me le rappeler.

Pourtant, il me manquera toujours de n'avoir pu partager avec elle des moments de femme et des conversations de mère. J'aurais certainement vu la vie de son point de vue et compris ses inquiétudes et ses peurs à mon égard. Cela m'aurait appris beaucoup. Et si cela avait été possible, nous aurions été encore plus proches.

Aujourd'hui, alors qu'elle est partie pour toujours, j'ai le sentiment étrange de n'avoir su qu'être sa fille, et que ce rôle restera le mien à jamais, dans cette étrange pièce de mauvais théâtre où je ne peux être la mère de personne...

Elle est à chaque moment avec moi, absente et muette, silencieuse et triste, et j'entends dans le vide de mon cœur l'écho de son rire de jeune femme de dix-neuf ans à qui la vie souriait, et qui souriait à la vie...

Happy birthday to me

J'ai quarante-quatre ans, alors qu'est-ce que je fais là ?

Dans mon « grand livre de la vie » perso, ce n'est pas ce qu'il était écrit. Ni était prévu. Mais alors, pas du tout !

Si je relis bien mes souvenirs, il était écrit :

« J'ai quarante-quatre ans et je regarde mes longues jambes musclées et bronzées luire au soleil (si, si). Elles font l'admiration de toutes mes amies (et accessoirement de leurs maris). Voilà le résultat de vingt ans de tennis, de gymnastique régulière et assidue et de nourriture bio. D'ailleurs ici, dans notre charmante maison de l'île de Ré, je tiens beaucoup à ce style de vie décontracté mais en totale harmonie avec la nature. Mon mari aussi. Ah oui, il est architecte. Et peintre. Très sympa, très beau, très cool. Nos amis sont aussi très sympas, très beaux, très cool. Le soir, lorsqu'on se réunit au bord de la piscine, après le dîner, je goûte la sérénité d'être entourée d'amour, lovée dans mon grand châle Hermès (cadeau de mon mari pour nos vingt ans de mariage), une main posée sur le genou de mon homme, écoutant d'une oreille distraite la petite musique de nuit des conversations sans intérêt des amis que l'on aime simplement parce qu'ils sont là.

Bien sûr, je vous mentirais en vous disant qu'il n'y a jamais eu d'ombres au tableau. Mais si peu. Si rien. De si petites choses qui ne méritent même pas que l'on s'y arrête : le toit de cette maison de famille a besoin d'être refait (à cause de l'humidité, mes cachemires sentent la girolle), mon beau-père nous couve un début d'Alzheimer qui donne un certain cachet à chacune de nos réunions de famille, notre fille aînée Clara en est à son douzième job et à son septième jules (ce qui, à vingt et un ans, me semble un bon début en termes de plan de carrière), notre fils cadet Tristan se laisse pousser les cheveux, la mauvaise humeur et l'art d'user n'importe quel être humain, du haut de ses quinze ans et de son mètre quatre-vingt-quinze, en l'assommant de discussions sans queue ni tête sur la nécessité d'être militant UMP pour une France jeune et dynamique, et moi-même je ne suis pas dans les petits papiers de ma nouvelle rédactrice en chef, une grande bringue de vingt-huit ans qui trouve mes papiers datés et prétentieux...

Voilà, c'est à peu près tout.

Vous voyez, rien de très intéressant.

Ah si ! Il y a eu la fois où mon mari m'a trompée. C'était il y a huit ans, pendant un colloque sur l'urbanisme à Madrid. Elle était seule, lui aussi, ils avaient un dossier urgent à boucler, il était tard, le minibar se vidait à vue d'œil et un mot en entraînant un autre, patatras, ça s'est passé comme ça, vite fait, bien fait... Enfin, c'est ce qu'il a dit à l'époque... quand je lui ai demandé d'avouer après avoir trouvé des textos très explicites sur son portable (par hasard bien sûr, quand il prenait sa douche). J'ai pardonné, mais je n'ai pas oublié. Il a bien fallu recoller les morceaux et nous nous y sommes attelés en choisissant de faire une thérapie de couple, une manière très responsable de sauver le *Titanic*... Et puis Hugo est né, neuf mois après (nous avions drôlement bien recollé les morceaux !). Il va avoir sept ans aujourd'hui et tout le monde l'adore. Il est la fine feuille d'or qui rend mon portrait de famille encore plus beau et plus précieux.

Tout est immobile ou presque sous le soleil à peine voilé. Bien sûr, il y a des jours « sans », mais à quoi bon y penser ? Tout est presque parfait, presque complet, et je suis presque heureuse. J'ai un mari, trois magnifiques enfants, un job qui me permet d'être indépendante et de m'offrir quinze jours de thalasso par an sans culpabiliser, j'ai des mammographies régulières et un indice de masse corporelle dans la norme. Ma vie s'écoule lentement sans risque majeur et sans à-coups, et la nuit j'écoute apaisée la respiration régulière de ceux que j'aime.

J'ai presque tout réussi et je suis presque heureuse. C'est déjà pas si mal, non ? En tout cas, c'est à peu de chose près comme je l'avais imaginé il y a vingt ans, lorsque mes quarante-quatre ans me semblaient à des années-lumière de l'instant présent. »

Voilà ce qui était écrit. En lettres roses, il y a longtemps.

Version bobo-chic urbaine.

Rassurez-vous, j'avais aussi prévu une version moins surfaite, où je ne me prélassais pas forcément entre une pile de *Marie-Claire* et un cours de Pilate, lovée dans un pull vintage de chez Colette.

Si je relis bien mes souvenirs encore une fois, il était écrit :

« J'ai quarante-quatre ans et toute la famille est réunie pour mon anniversaire. On vient juste de finir de payer le crédit du pavillon et cet été nous irons en vacances pour la première fois sans les enfants, en amoureux, sur la Costa del Sol. Nous avons la chance d'être une famille unie. Il ne reste plus que la terrasse à finir, mais mon père et mon beau-frère s'en occuperont dès qu'ils auront fini de carreler la cuisine de ma sœur. Alors, ce jour-là, nous ferons un grand barbecue et nous en profiterons pour baptiser notre petit dernier et ma petite nièce. A la bonne franquette. Chacun y mettra du sien et apportera quelque chose : c'est normal, la vie c'est pas toujours rose. Mais on s'arrange comme on peut, on bosse dur et parfois on a du mal à s'en sortir (l'emprunt pour le nouveau tracteur nous a crucifié le compte épargne et je devrai me passer d'un sèche-linge cette année, encore une fois). C'est la vie, c'est pour tout le monde pareil. Mais nous sommes une vraie famille et les enfants passent en premier.

J'aimerais bien aller plus souvent au cinéma, chez le coiffeur ou chez l'esthéticienne, et ressembler ne serait-ce qu'une fois aux femmes que l'on voit sourire dans *Gala*, dans les pages qui racontent les anniversaires des stars. Mais je me demande si ces gens sont vraiment heureux. Ils ont l'air si seuls sur leurs belles photos et en y regardant de plus près, leurs couples n'ont pas l'air de marcher bien fort... C'est pourquoi je préfère ma vie à la leur. Si l'on possède tout, de quoi peut-on encore avoir envie ?

Moi je suis contente de ce que j'ai : mon mari, mes enfants, ma famille, des matins de Noël joyeux, des collègues de bureau sympas, des dimanches tranquilles devant la télé, des nappes blanches bien repassées pour y poser les jolies assiettes les jours de fête, des ennuis à notre mesure, des amis qui nous ressemblent et des espérances à notre portée.

Un bonheur tout simple et sans prétention avec mon nom dessus. De l'amour tout chaud, des bras d'enfant autour du cou, des petits dîners en amoureux à la pizzeria du coin avec kir royal offert. En espérant que cela dure encore longtemps. Au moins jusqu'à ce que les enfants soient grands. C'est tout.

Voilà. »

C'est ce que j'avais écrit pour moi, il y a longtemps.

Et j'y croyais dur comme fer !

Alors, qu'est-ce que je fais là, assise sur le capot de ma voiture, sous la pluie, avec mon nez qui coule sur mon duffle-coat, mon mascara sur le menton et les résultats de mes analyses à la main ?

Qu'est-ce qu'il se passe aujourd'hui que je n'aie déjà vécu, les mois, les semaines et les jours précédents ? Je regarde ma main toute endolorie par ma quinzième prise de sang en deux semaines, je sens mon ventre douloureux se contracter et je me dis que je connais déjà tout cela... Alors pourquoi pleurer ? Qu'est-ce qu'il me prend de me donner en spectacle toute seule sur le parking de l'hôpital, en plein jour ? Après un « délicieux » parcours de quatre ans, mon cuir ne s'est-il pas encore assez endurci ?

Je me mets à penser à toute allure à mes rêves d'il y a vingt ans, à la maison de l'île de Ré, au pavillon à terminer, à la famille autour du sapin, au barbecue, aux enfants bien habillés pour aller au restaurant le dimanche, je pense à tout ça et tout se mélange dans ma tête entre deux hoquets ridicules.

J'ai quarante-quatre ans et qu'est ce que je fous là ? ? Qui est en train de vivre ma vie à ma place ? Qui a épousé mon architecte ? Qui va partir dans mon mobile home sur la Costa del Sol ? ? Qui est en train de rêver à un sèche-linge à ma place ?

J'ai un dernier sanglot et je me mouche dans un morceau de Sopalin qui traînait dans ma poche. Très élégant. Je n'entends pas le couple s'approcher de moi sous la pluie et me demander plusieurs fois en anglais si « everything's OK ? ». Je les regarde bêtement, et mon anglais, d'habitude si fluide, se transforme en un sabir laborieux. « Vous voulez que j'appelle quelqu'un ? » me demande le monsieur avec un fort accent saoudien, ou libanais, ou je sais plus...

Je fais « non » de la tête, le nez dans le Sopalin, un peu honteuse, et je fuis la situation en tentant désespérément d'ouvrir la portière de ma voiture avec le bip qui ouvre la porte du garage de l'immeuble. J'ai les yeux rivés au sol et la tête dans les épaules. Je sens une main sur mon épaule. Je me retourne pour dire « non merci » encore une fois, mais le regard qui me fixe me surprend un court instant. Je ne vois que ses yeux, puisque sa silhouette disparaît sous un long tchador noir. Elle me tend ma feuille de résultats qui était restée collée sur le capot de la voiture. Je dis « merci madame » machinalement. Son mari l'attend dans le 4 × 4 qui chauffe. Je reste quelques secondes avec elle sous la pluie qui dépose de minuscules larmes de lumière sur son voile noir. Je baisse les yeux et soudain j'aperçois la bosse au niveau de son nombril et, sous le tissu à peine tendu, son bébé m'observe. A combien en est-elle ? Sept mois ? huit mois ? C'est tout ce qui me passe par la tête et mes yeux se remplissent encore, lorsqu'elle frôle son ventre avec le plat de sa main. Alors, elle a ce geste terriblement doux et violent, d'une impudeur empreinte de tendresse, un cadeau que seule une femme peut faire à une autre : elle baisse la partie du voile qui couvre son visage et me sourit. Puis elle me dit doucement, comme un secret, « good luck ». Puis, vivement, elle se couvre de nouveau et rejoint son époux dans la voiture qui démarre sous la pluie.

J'ai quarante-quatre ans, il pleut et la feuille que je tiens à la main m'annonce pour la énième fois qu'aucun bébé n'a voulu de moi comme maman...

C'est cette vie-là que je vis. Ici et maintenant. Et je n'aurais jamais pu l'imaginer, même dans mes pires cauchemars.

L'heure des mamans

Aujourd'hui, un heureux événement pour moi, c'est de savoir que Darty livrera bien mon nouveau lave-linge entre quatorze et seize heures.

Sur mon portable, il n'y a que des photos de mes chats dans toutes les positions et de mes amis sous toutes les coutures et en toutes occasions. Dans mes cadres, il n'y a que des photos de moi bébé, petite, adolescente. Non, pas adolescente. Des photos de mon mariage, de mon anniversaire, de l'anniversaire des autres, de moi devant l'Acropole, sous la tour Eiffel, chez des gens, avec des gens, toute seule, en couple... Enfin, j'ai de jolis cadres, quoi.

J'ai aussi un agenda bien rempli. Heureusement. Je travaille, j'écris, je tourne. Pas forcément dans cet ordre. Parfois, quand je ne tourne pas, j'écris, et quand je n'écris pas, je tourne. Parfois, les deux en même temps. Pas trop de vacances, parce que ça rend mou et fainéant. Et de toute façon, même en vacances, je travaille, alors...

J'essaye de ne pas trop penser à moi, de trop m'occuper de moi parce que ça ne me semble vraiment pas indispensable. Je n'aime pas particulièrement les voitures, la Bourse m'ennuie et je ne suis pas follement attachée à la notion de propriété (exception faite de mes chats, qui sont mes chats à moi...).

Mais, nonobstant ces petits détails, j'ai une vie bien remplie.

Bien sûr, peu à peu, j'ai dû faire du rangement dans la maison. Les livres comme *Les plus beaux prénoms irlandais*, *J'attends un enfant*, *Le bébé est une personne* ont lentement migré de la première à la toute dernière étagère de la bibliothèque, où ils prennent la poussière en attendant de pouvoir servir à quelqu'un d'autre.

Bien sûr, cela fait belle lurette que, en panne d'inspiration sur un dossier, je ne gribouille plus, en rêvassant sur mon bloc-notes, des faire-part imaginaires où j'avais « la joie d'annoncer la naissance de Lancelot, 52 cm, 4,2 kilos, le 12 mai à quinze heures à Paris », juste pour voir comment ça fait. Oui, là, on peut le dire, ces petites habitudes m'ont quittée peu à peu, lentement, au gré des déceptions successives, des traitements sans résultats et des jours qui ont passé dans la maison si bien rangée.

Bien sûr, je ne mets plus de coussin sous mon pull juste pour voir comment ça fait devant le miroir de la salle de bains et je ne dis plus des phrases comme « moi, quand je serai enceinte, j'accoucherai sous péridurale, je suis trop douillette ».

A l'heure où je vous parle, on me dirait : « Tu vas être enceinte mais il faudra que tu accouches toute seule, dans les bois, un bâton entre les dents et un coupe-ongles pour seul instrument chirurgical », je signerais tout de suite en bas du contrat. Sans l'ombre d'une hésitation...

Bien sûr, je ne fais plus du tout de détour par le rayon layette, dans les grands magasins, parce que j'ai cinq minutes à perdre et que « c'est vraiment trop mignon ce qu'ils font aujourd'hui pour les bébés ».

Bien sûr, j'ai balancé tous mes agendas et mes carnets de notes Anne Geddes, où des nourrissons angéliques endormis dans des potirons se sont mis, après m'avoir fait rêver, à me rendre un peu plus triste chaque jour.

Bien sûr, il a fallu faire le deuil de toutes ces petites étincelles de joie, de ces petits riens qui ne signifient pas grand-chose quand ils peuvent être associés à un projet, à un « possible ».

Mais, lorsque ce n'est plus du domaine du possible, il faut faire ce que l'on doit faire, comme après la mort de ses parents : vider la maison, sans drame et sans pleurs, parce que c'est comme ça et que l'on n'y peut rien.

Je ne vais pas passer le reste de ma vie à geindre sur mon sort. D'abord parce que ça ennuierait tout le monde et surtout ça ne changerait rien, et puis il y a bien plus malheureux que moi, bien plus en souffrance, bien plus gravement atteint dans sa chair.

Mais je ne ferai pas semblant de ne pas être triste, je ne pourrais pas mentir à ce point-là.

Si je devais faire une liste de toutes les choses qui vont me manquer, ce livre ne suffirait pas.

Un siège bébé sur la banquette arrière, une réunion de parents d'élèves, des rougeoles, des varicelles, des otites, des rendez-vous chez le pédiatre, des costumes en crépon à fabriquer la veille de la fête de l'école, *Le Roi Lion* en DVD pour la 102e fois, des goûters d'anniversaire, des crises de nerfs au supermarché, des devoirs à faire réviser, des nuits blanches, des dents qui poussent, des grasses matinées jusqu'à sept heures du matin le dimanche, des balades dans les bois pour prendre l'air, des dessins fabuleux pour recouvrir la porte du frigo, des colliers de nouilles affreux à porter avec fierté, des vide-poches en boîte à camembert à poser sur sa coiffeuse, des petites souris sous l'oreiller, des traces de doigts sur les murs, des montagnes de couches-culottes, des litres de lait pour bébé, des kilomètres de lingettes, des pannes de baby-sitter, des montagnes de repassage, des Caddies qui débordent, des gros chagrins sans larmes, des petites mains qui se tendent... Je ne peux pas faire semblant et vous dire que je n'y penserai plus.

Mais, comme m'a dit un jour quelqu'un à qui j'osais avouer que ce serait difficile de faire une croix définitive sur tout cela : « Il faut passer à autre chose, je ne sais pas, moi... tiens, tu n'as qu'à faire de l'humanitaire... Tu vas voir comme ça va remplir ta vie ! »

De l'humanitaire ?

Bon, pourquoi pas...

Mademoiselle Joubert

L'équipe est en train de régler le prochain plan, de borgnoler les fenêtres et de caler les projos avec des gueuses (sortez ces trois mots dans un dîner et même Lelouch en personne pensera que vous avez toujours travaillé dans le cinéma !).

Il y a un vent pas possible sur l'île de Ré aujourd'hui et je ressemble à un lévrier afghan en pleine course. Mon coiffeur est parti à la recherche d'une laque pour concours hippique afin que je puisse jouer et voir les autres comédiens en même temps.

Les enfants s'amusent en criant dans la cour et je cherche un banc pour poser mon délicat séant.

Philippe, mon partenaire, fait hurler de rire un petit groupe de gamins, avec son fameux numéro du « directeur d'école boiteux » avant de venir s'asseoir près de moi et faire comme à notre habitude : regarder les enfants jouer sans rien se dire.

Une des petites comédiennes décide de nous donner la sérénade et attaque « L'accordéoniste » d'Edith Piaf comme une pro, en agrémentant même sa performance de gestes très précis au moment où Piaf chante « ça lui rentre dans la peau par le bas, par le haut [1] ». On applaudit l'artiste en riant et en s'essuyant les yeux de bonheur... Elle est toute fière et elle a raison.

Philippe manque à ses fans. Il ne se fait pas prier pour les rejoindre et, ayant repéré un tricycle rose dans un coin du préau, l'enfourche et se met à pédaler comme Virenque, suivi par une comète d'enfants heureux.

Un petit garçon est resté près de moi. Il suçote le cordon de son anorak et ses yeux bleus comme l'enfer me scrutent effrontément.

« Alors, Quentin [2], tu ne veux pas jouer ? »

Il se gratte le nez et fait « non » de la tête.

– C'est dommage, on va reprendre dans cinq minutes...

– T'es mariée, toi, à la télé ?

– Si je... oui, je suis mariée, mais en vrai, pas à la télé.

---

1. « L'accordéoniste », paroles et musique de Michel Emer, 1942, Editions Semi.

2. Le prénom a été changé.

– Pourquoi ?

– Pourquoi je suis mariée ?

Il lève les yeux au ciel comme pour dire « évidemment, andouille ! ».

– Ah ! Eh bien, parce qu'on s'aimait beaucoup et on a décidé de se marier. Comme ton papa et ta maman, tu vois...

– Ils sont pas mariés mon papa et ma maman ...

Merde ! J'aurais pas dû dire ça, j'étais sûre que les choses allaient se compliquer.

– Oui, bien sûr, ce n'est pas obligatoire de se marier quand on s'aime.

– Et t'as des enfants à toi ?

Mais c'est qui ce gosse ? Il a bossé chez Fogiel pour les questions qui dérangent ou quoi ?

– Non je n'ai pas d'enfants à moi.

– Pourquoi ? T'aimes pas les enfants ?

Il ne lâche pas l'affaire. C'est Damien dans le film *La Malédiction*. C'est bien ma veine !

« Mais si, j'aime beaucoup les enfants, mais il se trouve que je n'en ai pas. Tu comprends ? »

Il fait du bruit avec sa bouche et regarde Philippe pédaler sur son tricycle un court instant. Je prie pour que l'interrogatoire du gestapiste en herbe s'arrête là.

Tu parles !

– Mais, t'en voudras ?

– Oui, oui, bien sûr que je voudras ! (Il me fait dire de ces trucs !)

– Quand ?

– Je sais pas, Quentin, je voudrais bien te répondre mais ça je ne peux pas te le dire avec précision. (Je fais gaffe car ma voix commence à montrer à ce tout petit bonhomme des signes d'agressivité très inappropriés.)

Je suis prête à tout pour que le ciel vienne à mon secours et que l'assistant réalisateur hurle « on reprend ! »

Quentin regarde le lacet qu'il a massacré avec ses deux dents de devant et reste là, à me regarder.

Je fais semblant d'admirer mes chaussures d'un air détaché.

– Moi, ma mère, eh ben, elle en a plein des enfants !

– Eh ben, c'est bien, tu lui diras... super... Je suis contente pour elle...

– Peut-être qu'un jour t'en auras plein aussi...

– Peut-être oui...

– T'es malheureuse ?

Je lutte pour ne rien laisser paraître, mais le ciel est avec moi et les rafales de vent ramènent en permanence mes cheveux sur mes yeux.

– Ah… je préférerais être comme ta maman et avoir plein d'enfants. Mais, tu sais, il y a quand même plein de petits enfants autour de moi, mes petits cousins, et mes petites cousines, mes filleuls, les enfants de mes amis…

– Oui, mais c'est pas les tiens…

J'ai une enclume dans la gorge.

« Non… mais, c'est bien aussi… Et puis, la vie elle est comme ça. T'es sûr que tu veux pas aller jouer ? »

Quentin zippe son anorak jusqu'à ses narines, puis redescend la fermeture Eclair jusqu'en bas. Il fait ça une bonne dizaine de fois en regardant dans le vague.

« Moi, ma tata elle a mis ses trois enfants à la DDASS parce qu'elle voulait pas s'en occuper et qu'elle était soûle tout le temps quand on habitait chez pépé, même que mémé elle appelait les gendarmes tout le temps. Si tu veux je peux lui demander si tu peux les prendre, comme ça ils seront à toi. »

J'ai plus de réponses toutes prêtes. Je ne sais même plus quoi dire. Je voudrais disparaître.

– C'est gentil, Quentin, mais je ne crois pas que ça serait possible… Pour plein de raisons.

– Mais je peux toujours demander…

– Oh, non, non, ne demande pas ! Mais c'est gentil de penser à moi, tu sais. Ça me touche beaucoup, tu es un petit garçon très gentil.

Il réfléchit.

« Tu sais, Mademoiselle, t'es pas comme à la télé. »

Je souris pour le « Mademoiselle ».

« Merci Quentin. Tu veux dire qu'en vrai je ne suis pas méchante ? »

De grosses gouttes viennent nous rappeler que nous sommes en février. Le petit garçon met sa capuche, et se baisse pour refaire le scratch de ses baskets. Il se relève, me regarde une dernière fois.

« Non, en vrai, t'es triste. »

Puis il s'enfuit à toutes jambes rejoindre ses copains qui sont en train de piétiner un cartable tout neuf en hurlant de joie.

Je reste pétrifiée dans la cour pleine de rires et de cris, et la seule chose qui me traverse l'esprit, la seule et unique pensée qui m'angoisse en cet instant précis est : « Ça se voit tant que ça ? »

Coup de vieux

A quoi me suis-je aperçue que j'ai vieilli ? Certainement pas au chiffre inscrit sur ma carte d'identité dans la case « date de naissance ».

Aujourd'hui, si je calcule bien, j'ai presque quarante-cinq ans. Quarante-cinq ans... C'est drôlement vieux. Pour une petite fille de huit ans, c'est même proche du stade avancé de la fossilisation. Lorsque j'avais huit ans, j'avais l'habitude de me livrer à un rituel très particulier : devant la maison, j'attachais les extrémités de mon élastique au robinet de la cour près du parterre de fleurs, l'autre extrémité à un des barreaux de la grille, et je pouvais ainsi « sauter à l'élastique », comme dans la cour de l'école, sans avoir besoin de réquisitionner deux copines pour tenir l'élastique avec leurs mollets. Autonomie parfaite, et personne pour me dire « Perdu ! ».

En jouant toute seule devant chez moi, je me mettais à penser à des trucs étranges, dont le sujet était souvent le « futur ». Mon futur et le numéro 8. Je me répétais à voix basse : j'ai huit ans, je suis née le 8 mai, j'habite au 8 de la rue Yves Le Coz, et lorsque j'aurai quinze ans je partirai en 2 CV à Saint-Tropez avec ma meilleure amie Claudine et on fera du camping...

Ou bien : quand j'aurai vingt ans, je me marierai pas et je partirai soigner les singes en Afrique... Ou quand j'aurai vingt-cinq ans, j'achèterai à papa et à maman une maison gigantesque et on aura plein de chiens, de lapins, de chats et on vivra tous ensemble dedans et maman ne travaillera plus. Et puis revenait toujours le fameux : quand j'aurai trente-six ans ? Ce sera l'an 2000... L'an 2000 ! Je serai bien sûr mariée avec des tas d'enfants, je serai juge d'instruction ou pilote de ligne à Air France, ou inspecteur de police, et j'aurai fait tout ce que j'avais envie de faire, et je n'aurai plus qu'à me reposer car je serai vieille et fatiguée...

Trente-six ans, c'était vieux. L'an 2000, c'était loin. Presque inimaginable. Inconcevable. J'avais huit ans, des cheveux longs, des genoux tout maigres avec du Mercurochrome, des galas de danse classique, des tas de poupées, des fiancés de mon âge qui faisaient sourire mon père, des devoirs et des leçons, des poésies à apprendre et toute la vie devant moi.

C'est fou ce que c'est vieux, trente-six ans quand on en n'a que huit ! Alors imaginez quarante-cinq ans....

Mais bon, j'y suis...

Enfin pas vraiment, pas tout à fait. J'y arrive mais lentement. Je me souviens de maman la dernière année de sa vie, en train de me détailler de la tête aux pieds et me dire en soupirant :

« Mais quand vas-tu enfin t'habiller en dame ? »

J'essayais de me faire toute petite et de cacher mes ongles rongés dans les poches de ma parka.

Ce n'était pas dit méchamment mais je sentais bien qu'elle aurait préféré avoir une fille élégante, dans un joli tailleur bien coupé, avec de beaux escarpins à petits talons et un sac à main de taille normale, plutôt qu'une grande adolescente mal poussée, engoncée dans une doudoune, avec des baskets fluo et un sac à dos de la taille d'un paquetage de parachutiste.

Je ne faisais pas exprès d'éviter soigneusement tout ce qui pouvait me rapprocher de l'âge adulte, dans un mouvement de rébellion tardif. Je n'avais simplement pas vu le temps passer... C'est aussi simple que cela.

Et puis, certaines personnes se sont chargées de me le rappeler sans le savoir. Les vendeuses en parfumerie les premières. Je me souviens encore du bon temps où, lorsque j'effectuais quelques achats destinés à sublimer ma beauté naturelle, on me glissait avec mes achats quelques échantillons de parfum, ou un set gel douche + lotion + gommage, « parfaits pour les petits week-ends ! » dans un gloussement entendu de femme très au fait des choses de la vie et du peu de temps que peut nous laisser un amant brûlant de désir pour nous pomponner entre deux étreintes. Quelques années plus tard, elles me scrutent quelques secondes en plissant les yeux, comme lorsque le médecin découvre un truc pas clair sur le cliché de votre coloscopie, et ajoutent sur le ton de la confidence :

« Je vous mets un sérum ultratenseur pour peau fatiguée, une petite crème de nuit contour des yeux à combiner absolument avec le gel “ spécial rides profondes ” de jour et le masque lissant ultraraffermissant. »

Merci madame.

C'est ce qui s'appelle un sacré coup de vieux. Surtout, pour une grande fille comme moi, jeune mariée et pas même pas encore maman à bientôt quarante-cinq ans.

Mais le plus grand coup de marteau derrière la tête, c'est un médecin qui me l'a donné, comme s'il fallait vraiment que je l'entende, de cette voix monocorde et sans affect, peut-être pour que je comprenne enfin que les miracles n'existent pas, même si on le veut vraiment de toutes ses forces :

« Vos ovaires sont trop vieux, vous êtes trop vieille, au-delà de quarante-trois ans nous estimons que les chances de grossesse sont quasi inexistantes, alors ne vous lancez pas dans un combat perdu d'avance, voici votre dossier pour la DDASS, afin que vous vous dirigiez vers l'adoption. »

J'ai couiné quelque chose qui devait ressembler vaguement à un « c'est pas juste » pathétique et pitoyable.

« Mais la vie n'est pas juste, madame, j'en suis bien conscient », a répondu le docteur en se levant et en me tendant les documents.

Je suis sortie comme un robot, j'ai dû retrouver la voiture à l'instinct et le chemin de la maison de la même manière. J'ai pleuré sur le périphérique avec Radio Notre-Dame à fond, sans trop comprendre ce que j'écoutais. Ce médecin m'avait fait tellement mal avec de simples mots, qui ne résumaient en fait que la stricte vérité. Et pourtant, je ne pouvais pas lui en vouloir.

Ce jour-là, j'ai su dans mon corps et dans mon cœur que j'avais vieilli.

A partir de ce jour-là, j'ai vraiment eu quarante-cinq ans.

Le dîner de cons

Aujourd'hui, je ne sais toujours pas pourquoi j'avais accepté ce dîner.

Je n'aime dîner qu'avec mes amis, ou ma famille, et pourtant, ils ne faisaient partie ni de mes amis ni de ma famille. Je connaissais la maîtresse de maison pour avoir travaillé dans la même boîte quelques années auparavant ; elle me tutoyait, je la tutoyais, peut-être que, pour elle, cela suffisait pour vous classer dans la case « superpote ». D'où l'idée de ce dîner, où je trônais en bout de table comme une reine papoue en visite sur le continent, objet de tous les regards, de toutes les curiosités ou de toutes les indifférences. Je tentais tant bien que mal de suivre les conversations des couples qui se connaissaient déjà, et qui s'échangeaient moult détails sur leurs dernières vacances à l'île Maurice ou à Biarritz et sur l'évolution des travaux de leurs maisons de campagne.

De temps à autre, on se tournait vers moi pour éclaircir un point de détail essentiel à la conversation comme par exemple : était-il vrai qu'il y avait un casting particulier pour « Le Maillon faible » où l'on ne sélectionnerait que des gens ayant un QI de moins de 80 ? Ou encore : qui payait les invités des émissions de télé ou qui décide du gagnant de la « Star Ac' » ? En attendant le gigot ou la salade, je faisais donc office de « quiz vivant », tentant de donner les réponses les plus logiques possible aux questions les plus débiles du monde, huit paires d'yeux goguenards braquées sur moi.

Le vin aidant, surtout ceux qui en boivent, les invités commencèrent à se faire plus familiers, à me tutoyer eux aussi, à me montrer des photos de leur chalet à Courchevel, à me parler de leur passion pour les Bentley, le golf, le yoga ou la sculpture abstraite. J'entendis même un « Vas-y, Lolo, fais-nous le clin d'œil ! » que j'ignorai poliment une première fois, puis dont je déclinai définitivement l'offre en souriant, dans un « ohhhh ! » de déception général.

Ce dîner n'en finissait pas, mes bronches n'arrivaient plus à gérer l'atmosphère composée à 70 % de Marlboro et à 30 % de cigares Cuba premier choix, mon cerveau n'enregistrait plus les informations qui lui parvenaient, et j'attrapais au vol des bribes d'insignifiance, des échantillons de bêtise crasse et de prétention à peine contenue. Chacun y allait de son couplet sur les élections, la garde-robe de Sarkozy, l'indigence du cinéma français, l'augmentation des taux d'intérêt, le talent d'Amanda Sthers, la difficulté de trouver un spa correct en pleine période de Noël... Tout m'arrivait en désordre et je ne pouvais que sourire bêtement pour cacher ma totale incompétence sur ces différents sujets, et lutter contre une irrépressible envie de dormir, ou de mourir, là tout de suite sur la moquette blanche du salon, juste avant le dessert, dans des spasmes épouvantable et en bavant juste pour faire diversion.

Pas eu le temps.

Mon voisin de gauche, qui éclatait dans sa chemise Mugler (bien reconnaissable à son col très haut), se tourna vers moi et, après s'être servi un douzième verre de vin, tonitrua d'un ton de médecin scolaire invitant l'élève suivant à venir se placer sous la toise :

« Et alors, NOUS, est-ce qu'on a des enfants ? »

Comme vous pouvez l'imaginer, le « nous » me plut tout particulièrement. Je vis la tête de la maîtresse de maison se décomposer, mais elle était trop loin pour intervenir, et les autres invités avaient déjà stoppé toute conversation pour entendre ma réponse, la fourchette à gâteau en l'air, le coude appuyé sur le dossier de la chaise, pour profiter au maximum de la réponse à venir. Comme quand tonton va raconter ses fameuses histoires drôles à la fin du banquet.

J'aurais pu répondre sans faire de vague, puisque c'est ce que je sais faire de mieux. J'aurais pu leur raconter absolument n'importe quoi, puisque ces gens-là avaient eu le bon goût d'annoncer la couleur dès les présentations : ils ne lisaient pas les journaux people, regardaient très peu la télévision, et n'en connaissaient les ragots que par la bouche de leurs enfants qui, eux, la regardaient.

J'écoutai le silence qui précéda mon intervention, et, croyez-moi, il n'était pas de Mozart. Et je souris de toutes mes dents.

Puis, je penchai légèrement la tête, comme cette pauvre Lady Di lorsqu'elle voulait qu'on la plaigne. Et je fis le grand saut.

« Non, je n'ai pas d'enfants : je suis stérile. »

Puis, j'écoutai le bruit que fit ma réponse, et je peux vous assurer qu'il n'avait rien à envier à Mozart !

Si je peux me permettre un aparté, je fus moi-même un peu surprise de l'effet que le mot « stérile », bien articulé et expédié d'une voix forte et assurée, eut sur moi. Je sentis comme une grosse boule dans la gorge qui retint un sanglot, et qui me rappela que c'était, après tout, la stricte vérité. J'aurais pu dire : « Hélas, non, pas encore... » ou « C'est dans mes projets... », mais j'avais choisi de leur gâcher un peu leur soirée, comme ils avaient gâché un peu la mienne.

Toutes les bonnes choses ayant une fin, les invités retrouvèrent l'usage de la parole, et une grande brune avec une dizaine de sautoirs Chanel et un nez refait apporta sa pierre à l'édifice de la conversation :

« Mais vous n'avez qu'à adopter ! Nous avons plein d'amis qui ont adopté et ça se passe très bien vous savez ! »

Il y a encore une demi-heure, elle racontait à qui voulait l'entendre la naissance de son quatrième enfant à la clinique Sainte-Isabelle de Neuilly, mais bon... Son intervention partait certainement d'un bon sentiment. Elle ajouta en se replaçant une longue mèche de cheveux derrière l'oreille :

« Ah, évidemment, si vous voulez un petit bébé blond aux yeux bleus, ça va être difficile. C'est vrai, les gens ne se précipitent pas vers les enfants de sept ou huit ans, ou ceux qui ont de légers handicaps, et qui ont tout autant besoin d'amour... Je trouve ça tellement injuste pour eux ! »

Les autres invités acquiescèrent à l'unisson. Difficile de ne pas répondre à cette remarque pertinente et pleine de tact.

– Ah bon ? Parce que vous le feriez, vous ?

– Quoi donc ? dit-elle en faisant cliqueter ses bracelets sur sa montre Chanel.

– Si vous n'aviez pas eu vos quatre enfants, vous auriez immédiatement fait une demande pour adopter des préados handicapés ?

Elle n'eut même pas un moment d'hésitation, par courtoisie.

« Mais absolument ! Et mon mari aurait été totalement en accord avec cette décision. »

Le mari se resservit du Cointreau, sans répondre. Au loin, en bout de table, la maîtresse de maison tentait de changer de sujet en faisant passer des macarons de chez Ladurée, mais sans résultat.

« Alors je vous admire, mais je n'ai pas votre courage. »

Elle avait trouvé son public. On aurait dit Eve Angeli en train de raconter sa vie au dernier salon de l'érotisme. Elle avait besoin de m'apprendre la vie, puisqu'elle, elle avait pu la donner !

– Etre mère, ce n'est pas forcément être une mère idéale, avec l'image idéale, des bambins parfaits, qui gazouillent en faisant risette. Je pense profondément, que lorsque l'on veut vraiment être mère, on doit pouvoir projeter son amour plus loin que ses fantasmes.

– Mais oui ! L'important, c'est d'être mère, peu importe de qui et comment, se crut obligée de rajouter une invitée qui s'était fait oublier jusque-là... peut-être à cause de son lifting raté.

Je vis la maîtresse de maison défaillir, et je compris que si j'argumentais encore une fois, sa soirée serait définitivement à classer dans les annales des accidents industriels du XVIe arrondissement de Paris.

Je choisis donc le repli, par politesse.

« Certainement, c'est un point de vue, pourquoi pas... »

Enfin, je ne sais plus trop ce que j'ai raconté pour arrêter les dégâts. La maîtresse de maison hurla : « Qui veut du café ? » comme un goret qu'on égorge, et tout rentra dans l'ordre.

Vous dire que je n'avais pas un peu envie de pleurer serait mentir. J'avais surtout envie de me sauver et de me cacher. Ce n'était pas l'endroit pour leur expliquer ce que je ressentais vraiment. Il y avait en moi le désir de grossesse dont il fallait que j'apprenne à faire le deuil, et le désir de maternité qui ne m'avait jamais quittée et ne me quitterait jamais. Je ne voulais pas passer à l'adoption « faute de mieux ». Il fallait que je fasse le chemin vers un « autre » enfant que l'enfant biologique, à mon rythme, pour pouvoir l'accueillir un jour dans l'amour.

Cette femme pensait sans doute qu'à l'annonce d'une stérilité, on se donne une claque sur la cuisse et on se lève en disant au médecin : « Pfff, c'est pas grave, je vais adopter ! » Certains le font peut-être, mais quant à moi, il me fallait encore du temps...

Et quel mal y avait-il à avoir eu envie de bercer dans ses bras un joli bébé, à peine sorti de son ventre ? N'était-ce pas ce que toutes les femmes autour de cette table ce soir-là avaient eu le bonheur de faire un jour ? Pourquoi, moi, devais-je faire le deuil de l'enfant biologique, de mon enfant idéal et, qui sait, peut-être de l'enfant tout court, sans me donner le droit de verser une seule larme ?

Une fois dans l'entrée, et après avoir présenté mes excuses à l'assistance, j'enfilai mon manteau en écoutant celles de la maîtresse de maison, que je tentai de rassurer poliment. Elle n'y était pour rien. Elle retourna auprès de ses invités en se rongeant les ongles. Alors que j'allais sortir, je sentis une main sur mon épaule, et je fus surprise de voir le mari de la grande brune au QI de moule d'Espagne. Je crus qu'il allait en rajouter une couche lui aussi et je fis un pas vers l'ascenseur pour esquiver :

– Je voulais m'excuser pour les propos de mon épouse.

– Mais je vous en prie, ce n'est rien...

J'appuyais sur le bouton de l'ascenseur comme une démente.

« Si, c'est important pour moi. Je suis sûr qu'elle vous a blessée sans le vouloir... »

J'entrai dans l'ascenseur et il tint la porte un court instant.

« Nous avons eu quatre enfants sans jamais avoir à l'esprit un seul instant que cela aurait pu ne pas " fonctionner " correctement... Comment voulez-vous qu'elle comprenne vraiment ce qui arrive à des femmes comme vous... Oubliez toute cette conversation, elle ne compte pas... Bonne soirée quand même. Et bonne chance. »

La porte s'est refermée et j'ai dû mettre deux minutes avant d'appuyer sur le bouton du rez-de-chaussée.

Il avait raison, ce monsieur, il fallait oublier les propos de sa jolie femme, si chanceuse et si pleine de bonnes intentions.

C'est vrai que ça ne compte pas.

Surtout pour elle...

La vie est belle

La vie est belle. Il y a des oiseaux sur mon nouveau collier, mes baskets roses flambant neuves ne passent pas inaperçues, les sushis sont parfaits, et Paris fait sa belle à mes pieds à travers la vitre du restaurant, au dernier étage de la tour.

Charlie * pousse des cris en voyant surgir de mon sac mon nouveau portable Hello Kitty avec des paillettes roses. Elle dit : « C'est pas possible ! » en riant très fort. « C'est tout toi, il crie ton nom ! » J'explique qu'il m'a plu tout de suite, malgré le fait qu'il n'ait que quatre sonneries, pas d'appareil photo et une notice en coréen incompréhensible. Du coup, je n'ai toujours pas compris comment on pouvait ajouter des noms au carnet d'adresses... un détail. Ensuite, je lui montre mon nouvel agenda rose et les

* Le prénom a été changé.

dernières photos de mes chats en train de dormir dans le lavabo. Elle dit « Super... », commande une nouvelle tournée de makis et enchaîne en me regardant dans les yeux :

« Et toi, comment ça se passe ? Tu en es où avec tes traitements pour le bébé ? »

J'attaque le gingembre au vinaigre :

« Ça va, tu sais, toujours la même chose... pour le moment, ça ne marche toujours pas. »

Je n'aime pas trop parler de ça avec elle, parce que je ne veux pas me plaindre. Pas devant elle.

Je la regarde avec ses cheveux tout courts, ses grands yeux noirs et ses mains trop fines qui jouent avec les baguettes.

A la voir comme ça, on ne se douterait de rien. On pourrait la croire mannequin, tant sa silhouette est fine et légère, mais je sais que si son cou ne remplit plus le col de son pull, ce n'est pas à cause du nouveau régime de *Elle*, c'est simplement parce que cette troisième chimio lui a ôté définitivement ses traits de petite fille. Ne reste que son sourire immense pour rendre à son visage creusé un peu de sa lumière d'antan.

A mon tour de poser des questions. Toujours les mêmes :

« Comment tu te sens ? Est-ce que tu as le moral ? Est-ce que tu supportes la chimio ? »

Elle hausse les épaules et me dit tout bas :

« Je me sens berk... pour moi, “ Kho Lanta ” c'est fini ! Maintenant je ne suis plus présentable en maillot deux pièces ! »

Je ris avec elle mais le cœur n'y est pas. Elle se frotte le crâne du plat de la main :

« Tu as vu ? Ça repousse ! Ça repousse raide mais ça repousse... touche. »

Je touche ses petits cheveux de bébé tout neufs, et je me souviens de sa magnifique crinière brune et bouclée d'il y a dix ans...

« Mais tu es belle de toute façon... »

Charlie me prend la main, et les deux hommes d'affaires assis près de nous ont un regard surpris.

« C'est parce que je suis maquillée comme une voiture volée ! Mais tu aurais dû me voir la semaine dernière, j'ai été tellement malade que je n'ai pas pu aller à l'anniversaire de Bidou ! »

Bidou, c'est son fils de vingt ans. On ne dirait pas comme ça mais elle a un fils de vingt ans ! Elle qui a l'air d'une comédienne sortie tout droit de *La Boum* !

Je continue à m'inquiéter de son état, et de l'évolution de cette « saloperie » qui la ronge. Elle fait un geste de la main comme pour chasser un moustique :

« Je suis sur le coup, l'hôpital aussi. Je m'habitue à force, normal... »

J'ouvre la bouche pour avoir des précisions sur son nouveau traitement supposé ne plus lui faire perdre ses cheveux, mais elle pointe vers moi une baguette menaçante :

« Et toi ? »

Je fais mes yeux de truite étonnée :

« Quoi moi ? »

Elle agite la baguette comme un sabre :

« Oui toi, toi, toi ! Tes fivs, ton traitement, ton futur bébé, comment tu vas toi ? »

Elle a parlé drôlement fort et les deux hommes d'affaires doivent se demander s'ils ne sont pas en train d'assister à une querelle d'amoureux. Je ne sais pas quoi répondre.

Charlie, elle, elle a un cancer depuis dix ans. Elle a failli y rester, et elle n'est pas sortie d'affaire. Loin de là.

Charlie, elle a mon âge, un fils super, un ex-mari gentil tout plein, un métier passionnant. Charlie, elle avait tout, et ce truc lui est tombé dessus.

C'est pour cela que je n'arrive pas à lui parler de mon problème. J'ai honte. C'est un peu comme si je me plaignais d'un bobo au coude à quelqu'un qui va mourir... Je le vois comme ça. Du coup, je reste évasive, je donne des détails qu'elle connaît déjà et hop je change de sujet. Mais elle ne lâche pas le morceau, fronce les sourcils et son nez fait des petits plis marrants. C'est là que je remarque à quel point sa peau est plus lâche et que ses cernes sont plus creusés.

« Je veux que tu me racontes. Tu ne dis jamais rien. Arrête de faire la rigolote, t'es pas à la télé ici... »

Je baisse les yeux, un poil vexée :

« Mais tu veux que je te raconte quoi ? »

Elle hausse les épaules :

« Mais tout ! Comment ça marche ? Est-ce que c'est long ? Ça fait mal ? Tu vas tenir le coup encore longtemps ? »

Je lui fais un petit résumé de la situation, sans m'appesantir sur les détails. Je bois un peu de thé vert (que je déteste) pour faire diversion. Et je conclue solennelle :

« Voilà, tu sais tout, vive la PMA ! Mais, évidemment, c'est du gâteau à côté de... »

Charlie termine ma phrase :

« De mon cancer ? C'est ça ? »

Evidemment que c'est ça. Mais je n'ose pas le lui dire en face.

Elle me pique le dessus de la main avec le bout de sa baguette. Je la retire vivement, elle me fait un peu mal, quand même.

« J'ai un cancer. C'est comme ça. J'aurais préféré recevoir quelque chose de moins... encombrant comme cadeau de la vie. J'en bave, j'en crève, mais je me bats. Et tu ne peux pas te battre à ma place. »

J'aime pas quand elle dit ça. Surtout quand elle parle de mourir.

« Toi, je te connais assez pour savoir que tu ne dis rien pour ne pas soûler les gens. Et pourtant tu dois être bien malheureuse ».

Je joue la fière :

« Oh tu sais, il y a quand même plus grave... »

Charlie soupire et s'appuie sur le dossier de sa chaise. Je ne peux pas m'empêcher de regarder son pull et je devine l'absence totale de sa poitrine, qu'elle ne rembourre même plus avec des prothèses en silicone.

– Ah ça... Il y a toujours plus grave, plus injuste, plus moche, plus insupportable. Eh ben, je vais t'avouer un truc, moi quand je n'en peux plus, que je n'ai plus la force de tenir, je souhaite qu'une fée débarque chez moi et me guérisse d'un seul coup de baguette ! Eh ben, tu vois, ton souhait il n'est pas moins important que le mien...

– Oh quand même... ton souhait, c'est de rester en vie, le mien c'est de porter un bébé. Dans la balance ça ne pèse pas pareil, quand même !

Charlie renifle un petit coup :

« La vie c'est pas un concours de chagrin. Qu'il soit lourd ou plus léger, quand on en souffre, ça reste du chagrin. Je ne sais plus quel écrivain disait : " Il n'y pas de petites misères..." »

Alors, je la regarde, belle et transparente, vivante et déjà si loin, et ses grandes mains aux bagues trop lâches attrapent les miennes au-dessus de la théière brûlante.

Je ne veux pas pleurer. Je ne veux pas pleurer. J'ai pas le droit...

J'ai pas pleuré.

Elle oui.

Ne le dites à personne

C'est fou ce qu'il y en a cette année !

Comme pour les mirabelles ou les cerises, il doit y avoir des années « à femmes enceintes » comme il y a des années pour les fruits à noyau. Je ne vis pas à la campagne depuis douze ans sans en avoir retiré quelques enseignements. Et c'est vrai que cette année mon arbre a croulé sous les mirabelles...

Pareil pour les femmes enceintes. Il a dû y avoir un truc avec le climat, ou l'eau du robinet, ou alors vraiment des programmes pourris à la télé, parce que je n'en avais jamais vu autant.

Ou alors je ne les avais jamais remarquées...

Mais il est vrai que depuis que je sais que je ne porterai pas de bébé, j'ai l'impression de jouer tous les jours dans le remake du *Premier cri* (franchement, quelle idée d'avoir fait un film pareil, surtout en ce moment... ce type n'a aucune pitié pour nous ! D'ailleurs, j'ai pas été le voir exprès !).

Elles sont partout : elles traversent aux passages cloutés juste devant ma voiture, elles s'assoient juste à côté de moi au restaurant, elles me demandent « si on fait un soin après le shampooing » chez le coiffeur, elles me servent un espresso en terrasse, elles me demandent de signer en bas à droite à la banque, elles me sourient, elles me parlent, elles sont là... Mais où étaient-elles avant ? Les aurais-je zappées totalement de mon champ de vision pendant toutes ces années ?

Et pourtant... Il semble qu'à la télévision, il n'y ait pas une chaîne qui ne parle de bébés, de grossesse ou d'accouchement. Vous êtes tranquillement en train de regarder le « Point route », Michel Drucker ou les conseils de Clara Morgane pour être une femme du monde, vous appuyez sans le faire exprès sur la télécommande et, sans avoir le temps de réagir, vous vous prenez un jet de liquide amniotique sur les pantoufles. Ça surprend quand même !

Et la liste des programmes en dit long sur le boom de la « maman mania » : « Les Maternelles », « Fête des bébés », « En immersion totale dans une maternité », « La Merveilleuse Histoire de la vie », « Histoire d'une naissance », « On n'est pas que des parents », « La Vie avant tout », « Accoucher à la maison », heureusement tout de suite suivis par « Super Nanny » pour les trois-huit ans qui rendent chèvre les jeunes parents dépassés, et « Le Grand Frère » pour les ados à baffer qui vous font regretter d'avoir eu un seul instant l'idée saugrenue de vous reproduire... Il ne vous reste plus que « Sans aucun doute » pour aller porter plainte contre votre progéniture qui vous a spolié en douce de votre retraite et votre plan d'épargne logement.

Je n'ai rien contre tous ces programmes très colorés avec épisio en gros plan et couples béats de bonheur sanglotant de joie, leur petite charlotte de bloc opératoire enfoncée jusqu'aux yeux, ne vous méprenez pas... C'est juste qu'il faut que j'apprenne à les regarder avec le plus de détachement possible. Comme un documentaire sur un pays où je ne mettrai jamais les pieds.

Tout ce que je regarde, en zappant, devient un écho à toutes mes angoisses.

Contrairement à beaucoup de mes copines qui sont dans la même situation que moi, j'adore les femmes enceintes. Vous pourrez tout essayer pour me faire dire à quel point c'est douloureux de voir une femme qui attend un bébé, je répondrai toujours que ce n'est pas tout à fait exact. Non ce n'est pas ce que je ressens... Loin de là. Moi je les aime bien et parfois elles me laissent toucher leur ventre pour sentir le bébé bouger (enfin, celles que je connais bien, pas les inconnues qui traversent aux passages cloutés). Moi, je ne sais pas si j'aimerais que n'importe qui touche mon ventre comme ça, pour un rien, c'est très intime comme geste, non ? Mais moi, lorsqu'elles me donnent l'autorisation de le faire, ça me fait un plaisir fou.

Pendant quelques instants, lorsque ma main est posée sur le ventre rond, et que j'ai leur permission d'entrer en contact avec leur bébé, de sentir des petits mouvements sous la peau, c'est un peu moi qui le porte. Oh, c'est un secret entre moi et moi, ce petit cadeau, ce contact magique qui traverse ma main de douces vibrations me transporte de l'autre côté, l'espace d'un instant.

Elles ne le savent pas, mais grâce à elles je vis l'espace d'une seconde une grossesse par procuration. Et j'aime ces petits moments intenses que je collectionne comme de minuscules éclats d'étoiles et qui réchauffent mon cœur glacé.

C'est un secret : gardez-le bien au chaud, on ne sait jamais... Si elles l'apprenaient, cela pourrait les froisser, leur déplaire, et elles pourraient penser que je leur vole un peu d'elles-mêmes.

Alors, ne le dites à personne...

Le « maux » de la fin

Dans ces quelques pages, tout n'a pas été dit.

Par pudeur ou par lâcheté peut-être.

Le puzzle n'est pas complet, mais quelle importance ? Certains diront qu'ils en savent déjà trop...

Le plus difficile n'a pas été d'écrire ce livre et, très sincèrement, je n'ai pas eu la sensation de vendre mon âme en vous racontant cette aventure.

Non. Le plus difficile est de mettre le point final à ce récit.

Tant que je raconte, tant que je vous écris, tant que j'en parle, j'ai l'impression que tout n'est pas perdu. Qu'il reste quelque part dans l'univers une étincelle de joie qui m'est destinée... Tant que j'entends ma voix mettre des mots sur ce manque, je donne vie à mon rêve.

Mais, dès que le silence sera revenu, dès que tout aura été dit, disséqué et digéré, alors viendra l'heure de se taire, et de parler d'autre chose… C'est bien normal.

Je sais que ce moment est proche, je le sens, comme la vague noire qui me frappe chaque matin le cœur au réveil.

Alors, je vous en prie, ne me demandez pas ce que je compte faire maintenant.

Ne me demandez pas ce qui va se passer « après » ce livre, et quels sont mes projets.

Parce que, du fond du cœur, je ne peux que vous répondre : je ne sais pas.

Non, vraiment, je ne sais pas…

Désolée…

Remerciements

Merci à mon mari, qui en quatre ans de mariage aura connu, supporté et accepté les deuils, les orages, les drames, l'absence, le chagrin. Je ne lui souhaitais qu'une vie pleine de rires et de couleurs, de joies et d'insouciance, comme elle doit l'être lorsque l'on a vingt-quatre ans. Désolée...

De mon côté, j'ai fait de mon mieux, eux, ont tout mis en œuvre pour que ça marche. Comment ne pas les remercier du fond du cœur ?

Merci au Dr Alain T., à sa science, son savoir et son écoute, au Dr Philippe L., mon docteur dodo, sa bonne humeur et ses « pina-colada » qui vous donnent goût aux anesthésies générales, à Marie mon ange gardien, aux infirmières du bloc qui acceptent sans hésitation de vous tenir la main quand ça fait mal, au Dr Loïc R., à son charme, sa gentillesse et au petit café offert pour remonter le moral quand les échos ne sont pas encourageantes, au Dr Jean-Jacques V. qui depuis cinq ans n'a jamais cessé de m'insuffler l'espoir et la volonté d'y croire, aux filles du labo central et à leurs encouragements continus dans les moments les plus noirs, à toute l'équipe des fivètes, à celles qui ont dû m'annoncer les mauvaises nouvelles, se préoccuper de mon traitement, et regarder mes embryons progresser au microscope, à tous les couples croisés pendant toutes ces années dans les salles d'attente, si tôt le matin, ou si tard le soir, à leur regard perdu croisant le mien, à leur complicité muette, à leur discrétion si précieuse.

Evidemment, merci à Françoise et Philippe pour m'avoir soutenue toute ces années, à Zaza et à notre amitié de deux mille ans, à Véro et à tous les combats menés ensemble, à Isabelle Degeorges mon amie, ma productrice et la maman de deux si jolis bébés, à mon incroyable famille italienne si proche et si affectueuse, à notre ressemblance si rassurante, à nos racines communes qui me disent enfin d'où je viens, à Massimo, Stefania, Alice, Rosella, Sergio, Manuella, Demitrios, Antonella, Andrea, Ebbe, Wilma, Georgio, Alessandro, Simona, Nicolo et Arianna...

Table

Cet ouvrage a été composé par la
SOCIÉTÉ NOUVELLE FIRMIN-DIDOT
Mesnil-sur-l'Estrée
pour le compte des Éditions Plon
76, rue Bonaparte
*Paris 6e*

Achevé d'imprimer en juin 2015
par la Société TIRAGE - 91941 COURTABŒUF

Dépôt légal : mars 2008
N° d'édition : 14294

Imprimé en France